跟著
義大利
主廚—
學義大利語

Giancarlo Zecchino（江書宏）／著

太棒了，這本書終於出了。

　　我內心這樣想著，身為一個資深義大利菜的擁護者，能看到這本書出版，當然第一時間想昭告天下。

　　坊間有許多知名人士出版過義大利食譜書，而這本書的作者 Giancarlo 不是名廚、不是玩家、不是高手、不是達人，他只是一位義大利人，寫著自己熟悉的家鄉菜。這其實也沒什麼了不起，畢竟來台灣的義大利人也不少，人人都可寫出家鄉媽媽的味道，但 Giancarlo 不是玩票性質的業外素人，而是真的進過餐飲業，到餐飲學校考察過的業內人士。然而這也沒什麼了不起，有許多義大利名廚也出過食譜，但 Giancarlo 不同於一般的義大利廚師，他是位精通中文的義大利人，他寫的這本食譜，同時列出義大利文、中文。

　　你一定傻眼，哪有食譜書義中對照？

　　因為這不是一本普通的食譜，這是本實用的教科書，當你透過這本食譜學會一道菜餚，你同時也了解了這道菜餚相關的義大利文。

　　我定位為教科書，不只因為義、中語言並列，而是此書作者 Giancarlo，他的中文名字「江書宏」，他以中文拿下師範大學的碩士，專長其實也不是做菜，而是語文教學。

　　因此這本書其實是義大利文教科書，只不過用廚房內的二三事當引子，精采度遠勝於教你問安、道早、自我介紹的公式情境。話說回來，何必形容這麼多，光想想有哪本書可以幫你進廚房做出好吃的菜餚，出菜時又能秀一口義大利文？

　　別想了，整個台灣只有這本書，建議快點買，好書不容錯過啊！

飲食文化研究者
徐仲

讓這本書開啟您的義式生活吧！

在義大利生活一年，學習像歌唱發音的義大利文、品嚐多采多姿的義大利酒，那時的我，很佩服說一口流利義大利文的亞洲人，在各方面的溝通能暢行無阻。回台後，繼續熱愛義大利酒，它更成為我生活與工作不可或缺的因子，這樣的「因」緣，讓我認識活潑且說一口流利中文的 Giancarlo！

外表帥氣、個性直率的 Giancarlo，在臺灣生活 7 年多，看似陽光的他，其實在學習中文與適應異鄉生活也經歷不少雨天的洗禮，「羅馬不是一天造成的」，藉由不斷地努力和練習，加上喜歡交朋友的個性，還有義大利人熱愛生活的天性，他已經闖出自己的一片天！Bravo！

做料理、品咖啡，是他的專長之「二」，如果喜歡義大利料理的人絕對不能錯過這本書，原因很簡單，因為是「道地」義大利人寫的食譜，加上 Giancarlo 精通中文，省去翻譯的關卡；再者，食譜背後都會「透露」某些對義大利料理普遍的誤解；更進一步地，每篇食譜還有建議可搭配的義大利酒！這是一般食譜書比較少會有的。這「三重奏」非看不可的因素，讓這本書除了實用性，亦增添知識性和趣味性！

看了他的食譜後，如果家中沒有做料理的「假斯」（台語），Giancarlo 也有開設料理課程，可以讓您直接與他面對面學習，如果進一步對咖啡與義大利酒有興趣，問他，絕對沒錯！讓這本書開啟您的義式生活吧！Salute！

《義遊味盡》作者 & 紳利葡萄酒、義大利酒推廣講師
Serana

發現正統義大利料理

　　世界上有如此多的國家，大家對義大利料理的誤解卻特別多！我記得第一次去美國時，當地的朋友因為很想招待我，所以帶我去他最喜歡的義大利餐廳，品嚐他最愛的菜色：Linguine Alfredo Sauce（阿爾弗雷多醬義大利扁麵）。他很驕傲地跟我說：「我保證你在義大利一定沒吃過一樣好吃的阿爾弗雷多醬扁麵！」而他說的沒錯，因為在義大利我從來沒有吃過這道菜，連聽都沒聽過！雖然這道菜在美國非常受歡迎，而且好像還是義大利餐廳的招牌菜，但義大利人卻完全忽略它的存在！此外，那天晚上他太太還點了一杯卡布奇諾配瑪格麗特披薩，我一看到就快昏倒了……。第一，卡布奇諾是早餐喝的飲料；第二，它是餐後喝的飲料，而不是像可樂或啤酒可以搭配著餐點喝。

　　來到台灣之後，類似的惡夢就經常發生！有時我請朋友來我家聚餐，就會看到他們將義大利麵跟沙拉一起吃！或是當我們一起去餐廳時，就會看到他們點青醬雞肉義大利麵、白醬蛤蠣義大利麵、海鮮焗烤飯等不可思議的菜色！還有，來上我課的學生常問一些會讓我大吃一驚的問題。例如，有一次我教「松露蘑菇醬牛肝菌燉飯」，有學生用很驚訝的表情說：「沒想到燉飯可以加巧克力！」我不知道她是說真的還是開玩笑，沒想到，她不是在開玩笑！後來我只好說明我們使用的不是松露巧克力，而且那種巧克力叫做「松露巧克力」，是因為它的形狀與松露很像。還有另一件更好笑的事：當燉飯做完了，就有學生對我說：「老師，抱歉，這道菜我不能試吃。」我問為什麼，她回答說：「因為我不吃牛……。」但其實牛肝菌跟吃草的牛沒有什麼關係，諸如此類的問題層出不窮……。我發現有一些學生對義大利料理常用

的食材、工具、烹調方法一無所知。因此，在台灣住了快 8 年、烹飪教了 4 年的我，終於搜集完也統整好這幾年上烹飪課的內容和常見問題，不但匯整了台灣對義大利料理最常見的誤解有哪些，也說明該誤解的由來以及很客氣地解釋及說服學生為何要接受正統的方法。

除此之外，我之所以決定寫這本書，是因為上課時有越來越多的學生表示想要去義大利上烹飪課的心願。可惜大部分的課程都使用義大利文，就算老師會講英文，也會因口音太重而不容易聽懂，又或者他的英文非常完美，但有些學生的英文不夠好。於是，為了讓學生能盡快在義大利順利上課，我設計了「從做菜中學習義大利文」的課程。課程的目的就是讓大家學會與料理相關的義大利文以及基本的義大利文法。本書收錄這個課程的一些部分。

學習語言等於接觸一個新的文化，這本書會讓讀者從廚房的門進入義大利文化，輕鬆地學會在廚房裡最常用的義大利文，同時探索義大利人的飲食習慣，發現對義大利料理常見的誤解。而且憑著我多年的廚藝教學經驗，刻意挑選台灣人最喜歡的菜色，且盡量把步驟簡化好讓讀者自己在學習義大利文的同時做出最愛吃的料理。這本書可以當食譜用，也可以用來學習義大利文，兼具學習和樂趣，豐富心靈同時也滿足味蕾，是熱愛義大利、重視美食、喜歡下廚的人絕不可少的好幫手。

本書獻給我溫柔的母親 Gabriella。

Giancarlo Zecchino

飲食習慣的文化內涵

Giancarlo Zecchino（江書宏）

這世界因多樣而美好！人類因在各地的不同發展，而有不同的風俗習慣、信仰、服裝、料理和語言。拿名稱來說，在東方，駱駝就叫做駱駝，但是在阿拉伯語裡駱駝有 400 多種名稱；在東方，咖啡的名稱只有幾個比較常見的，但在義大利則數也數不完；在台灣，水餃、包子、饅頭、湯圓、水煎包、鍋貼等完全不一樣，但在國外，它們只有一個家族總稱：dumpling。由此可見，我們的語言深受地方、文化、飲食以及生活方式等影響。

要學習某個語言最快也最有趣的方法是從它的文化著手！語言離不開文化，而文化有很多層面，它包含有歷史、宗教、風俗，以及日常飲食習慣等。理所當然其中以飲食習慣最容易被了解，這是因為我們天天要吃三餐，而且人人都可以很本能、直接、自動地做出與我們自己飲食習慣的對比，這不需要高深的研究，童叟都能說出感受！

因此，透過飲食習慣的分析來學習某個民族的語言，實在是既有效又有趣的方法，因為料理人人都很容易了解而有效；因為可以既輕鬆又有效地學習而有趣！

某個民族的飲食習慣與它的日常生活和思維分不開！比如台灣人的廚房只有 2 個大小一樣的爐座，義大利人卻有 4 個不同大小的爐座，這與飲食習慣有關。西方人用平盤刀叉，東方人則使用碗筷，這也是與他們的飲食習慣息息相關。在美國人的家裡可以看到各式各樣的馬克杯，在義大利人的家裡卻一個都沒有，這也是因為他們品嚐咖啡的方式很不同。

料理還反映出某個文化的民族性！舉個例子：台灣人非常愛吃快炒或熱炒料理。在台的快炒餐廳數不清，我看這幾乎可以算是台灣的標誌吧！每次要招待來拜訪我的外國朋友，我都會請他們在快炒餐廳用餐，因為這些「很台」的餐廳氣氛和擺設，可以傳達台灣人的日常生活習慣、互動方式、個性等。

快炒也是每個台灣媽媽的主要烹飪方式，只要給台灣媽媽一個火爐、一個炒鍋、一雙筷子、一點醬油和一些肉片和青菜，她們就可以燒出夠一個家庭吃的菜餚。雖然義大利的媽媽也很會做菜，卻沒有這麼厲害，因為需要用到的器材和火爐不少！

我觀察到台灣人不管做什麼都很急，工作時急，而去玩時或在家裡用餐時也一樣急，無法輕鬆下來！不管是在做什麼，已經在想接下來要做什麼。例如，有一次我與台灣朋友去綠島玩，還沒到某個景點時，他們已經開始在想及規劃騎到下個景點的最快途徑是什麼。義大利人則不同，雖然效率差不多一樣高，但是做事風格和態度完全不同。我們看重的是旅程而非目的地，我們喜歡享受過程而不僅是達成目標所帶來的成就感。義大利人的料理方法也反映出這種特色：義大利人做菜時絕不快炒，而是每次都以中小火低溫炒，這就是「soffriggere」與「saltare in padella」這兩個說法的差別。「soffriggere」的意思是低溫炒，「saltare in padella」的直接翻譯卻是「在平底鍋裡跳起來」，這是因為快炒時需要像跳舞般快速地把食材翻來翻去，不然會燒焦。

「soffriggere」有許多好處，一方面所炒的食材不會燒焦卻會散發出本身的香味而非燒焦濃烈的味道，另一方面油的溫度不會過高，因此不會排出不良的成分。當然每一件事都有利有弊，「soffriggere」的缺點是很耗時間。但是因為義大利人做事都慢慢來，包括做菜在內，因此對他們而言，「soffriggere」就如同很急的台灣人喜歡使用快炒的方式一樣理所當然！

料理也反映出某個文化的思維和傳統思想！舉個例子：根據西方人的思想，宇宙整齊有序，好像一條豎線，上帝在上層，人在中層，動物和植物在底層。就如創世紀，聖經的第一本書卷，指出人有權管理世上所有萬物，但是需要接受比他高明的上帝的統治和規定。人與動物顯然不同，人有殊榮與上帝溝通，動物卻沒有；人有自由意志，動物則只有本能；人死後有復活的希望，動物卻沒有。因此在猶太教和基督教的觀念裡，萬物皆有明確的優先順序，先是上帝，再來是人，最後是動物。希臘人和拉丁人雖然具有與猶太人和基督徒不同的宗教信仰，但他們也喜歡把萬物和社會視為一條線：首先有萬神，再來有人，最後是其他的受造物。後來在中世紀和文藝復興的哲學家也都接受及傳達與上述大同小異的觀念。

但是根據華人的傳統思想，關於萬物的解釋和認知完全不同。我們拿莊子為例，道家思想把萬物視為一個圓而非一條線。萬物是個整體，該整體的所有成分一樣重要，沒有先後順序。人的生命與動物的生命一樣重要，因此根據佛教教義不可把動物拿來當作食物吃，因為殺動物等於殺生。

這兩個關於萬物完全不同的觀念，從這兩個文化的飲食習慣可以看出來。西方人用餐時會有個順序：開胃菜、第一道菜、主菜與配菜、甜點和水果。華人卻不一樣，食物好像萬物一樣是個整體，沒有先後順序，好幾道菜可以同時吃。就因為這概念上的差異，對華人而言，了解以及介紹為何義大利麵和牛排不可同時吃幾乎是不可能的事！不可先吃燉飯再吃卡布里沙拉（蕃茄與莫扎瑞拉起司沙拉），是無法想通的奇怪規定。相反地，如果我們觀察一個義大利人吃台灣便當，就會發現他不知不覺地開始尋找某個順序：先吃豆腐或類似的菜色，再吃白飯，最後吃肉與青菜，因為他把青菜當作肉的配菜。

而說到用餐順序，我特別想說明義大利人用餐的正確順序。

開胃菜（Stuzzichini）：還沒找到位子前，會一邊站著，一邊喝一杯叫做 Prosecco 的有氣白葡萄酒，還會一邊吃些叫做 finger foods 一口大的點心。這些點心可以是冷的、熱的、烤的、炸的等等。

前菜（Antipasti）：坐下來了之後，先吃一道前菜，可以是起司類或火腿類做的菜色，亦或是海鮮做的沙拉，可以是冷的或熱的。前菜的擺設和顏色非常豐富，可以顯示出廚師的美感。著名的前菜是「卡布里沙拉」、「生火腿哈密瓜、「海鮮沙拉」等。

第一道菜（Primi piatti）：義大利麵（Pasta）、燉飯（Risotto）和濃湯（Zuppa）都屬於這個範疇。因此，若喝了濃湯，原則上不會再吃義大利麵。而且請注意，義大利麵或燉飯不可與沙拉或者某個開胃菜同時吃！本書的食譜都是介紹第一道菜的菜色。

第二道菜（Secondi piatti）：肉類與海鮮類的主餐皆屬於該範疇。

配菜（Contorni）：配菜會與第二道菜一起上，原則上配菜都是蔬菜、馬鈴薯或穀類做的菜色。請注意，蔬菜沙拉是個配菜而非前菜，因此不該在第一道菜之前吃。

水果與甜點（Frutta e dolce）：拉丁文說「Dulcis in fundo」，顯然古羅馬人也習慣餐後吃些甜點和水果。

咖啡與咖啡殺手（Caffé e ammazza caffé）：喝了咖啡之後，有一種留在口腔裡的苦味，為了要把它去掉，義大利人喜歡喝「Amaro」一種用香草做的酒。因為它能去掉咖啡的味道，所以叫做「咖啡殺手」。

此外，認識某個文化的飲食習慣，也能幫助廚師了解一些食譜的由來而避免從自己文化的角度過度調整某一道菜的原有面貌和味道，並且可以既有效又機巧地教育自己的客人。透過他的料理，客人會提升自己的味覺，讓它變得更敏銳，而且他們也會發現新的味道和用餐方式，如此一來，吃飯不僅僅是餵養自己反而變成探索新的文化、開闊眼界的有趣方法。

既實用又有趣的義大利語工具書

Giancarlo Zecchino（江書宏）

　　我在當老師之前，當了 20 年的學生，光學習中文就花了我將近 10 年的時間，也運用了許多不同風格和等級的課本，換了十幾個老師，試用了多種學習方法。現在輪到我編寫課本了！我不能否認我有一點緊張：因為點子很多，又想要避開以往用過教材的毛病。

　　關於教材編寫的研究顯示，優良的教材要符合三個條件：一，實用性高；二，趣味性高；三，淺明易懂。

　　這本書是個工具書，可以學以致用。想學習烹飪的讀者，看了食譜就可以馬上練習自己做；想學義大利語的讀者若把整本書讀完了，就可以馬上在網路上下載義語版的食譜猜測意思，甚至可以去義大利上烹飪課。因此，這本書的實用性非常高！

　　這本書不但符合學生實際的需求，學習也會感到很有趣！因為學到的不是單調的語法或籠統的文化概念，而是與日常生活息息相關的詞彙和文化知識。此外，每篇還會提出與義大利食材、義大利人用餐習慣、烹飪技巧相關的資料，讀者會看得津津有味！

　　為了符合第三個原則，這本書的編排方式非常簡單且容易參考。每章的內容具有 7 個環節，如下：

1. 食材表：方便讀者一看就知道需要準備什麼食材，內容以義中對照呈現。

2. 義語食譜：要充分從該環節得益，請學生把步驟大聲唸出來並錄音。再來，找出已學過或看過的詞彙，最後把沒看過的詞彙畫下來。小提醒：建議先看義語食譜再參考中文版。食譜的中義版本並不是完全對應，目的是確保語言的自然性。

3. 中文食譜：盡量簡化食譜，把步驟控制在 5 項，至多 8 項內，傳達「做菜輕鬆簡單」之觀念。

4. 生詞表：每篇會列出 20 個左右的生詞，目的是要避免增加學習者的焦慮，因為生詞太多，很容易有壓力！我們的目標是輕鬆愉快地學習。畢竟，人腦一次可以吸收的資訊不多。

5. 詞彙練習：練習的種類豐富多樣，以免讀者覺得無聊！而且每個練習又簡單又可以快速完成，目的是熟悉、習得、複習生詞。

6. 來喝一杯葡萄酒：認真看完書之後，自我獎賞是必不可少的！

7. 主廚的堅持：這些附欄將呈現出本書最有趣、實用、未聽過的知識。

　　希望這本書不但可以幫助讀者很輕鬆地學習義大利語，也能讓他增加對義大利料理的知識、進入義大利文化、體會到義大利人對美食的熱誠和堅持。而身為老師的我覺得不該單單教授一些理論罷了，還要敦促學生充實生活，在他們心裡創造學習的渴望與好奇心。但願這本書可以讓我完成該使命！

同時學會義大利料理和義大利語的方法

· 想學做義大利料理的人……

只要準備好書中的食材，跟著本書一個步驟、一個步驟地動手做做看，您也可以做出好吃的義大利料理！

道地義大利美味料理

全書 16 道義大利料理均由作者親自操刀，並由專業攝影師實地拍照、編輯現場試吃美味保證，只要跟著步驟做，想要做出照片上既好看又美味的義大利料理，一點也不難！

食材大集合

食材以合照呈現，方便讀者一看就知道需要準備什麼食材。

作法步驟

盡量簡化食譜，把步驟控制在最少 4 項，最多 9 項內，傳達「做菜輕鬆簡單」之觀念。

主廚的堅持

每篇皆有兩則「主廚的堅持」，除了說明做義大利料理的小撇步之外，也會呈現跟義大利料理相關最有趣、實用以及從未聽過的知識。想做出既道地又美味、真正的義大利料理嗎？一定要看看「主廚的堅持」。

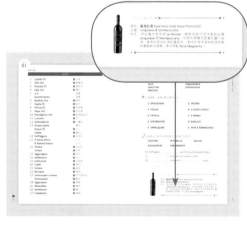

來喝一杯葡萄酒

每一道料理都推薦最適合的葡萄酒，做完之後可以一起搭配享用，此外也介紹了葡萄酒的相關知識。認識義大利文化，當然不能缺少葡萄酒。

·想學義大利語的人……

讀完整本書不但可以學會義大利人最常用的食材單字，還能學會烹飪時一定會用到的義大利語動詞，只要能聽懂步驟中的關鍵字，將來還可以去義大利上烹飪課！

食材大集合

義、中對照的食材說明，搭配照片，更能加深對義大利語詞彙的印象，只要多做幾道菜，就能輕輕鬆鬆地記住常出現食材的義大利語。

MP3 序號

所有的材料、作法、生詞全都由作者親自錄音，隨身聽一聽，不僅可以記住每道菜的作法，也能記住料理相關的義大利語！

作法步驟

在義、中對照的步驟中，可以先聽一次作者親錄的義大利語，再大聲地唸出來同時錄音自我確認，然後找出已學過或看過的詞彙，最後再把沒看過的詞彙註記下來。只要反覆聽、說、讀練習，不但義大利語會突飛猛進，也能將這道菜的作法牢記於心。

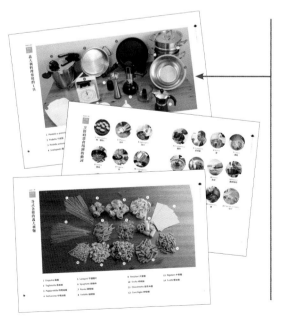

生詞表

為了方便讀者學習，在每篇的作法步驟之後，都列出了本篇義大利語步驟中新出現的生詞，此外並固定生詞的數量，每篇只會列出約 20 個左右，讓讀者能輕鬆愉快地學習，而不會因為一次吸收大量的單字而感到有壓力。

詞彙練習

練習題豐富多樣，且都可以簡單快速地完成，能引起學習興趣，超有成就感。

附錄

· **各式各樣的義大利麵**：讓您更加了解各種義大利麵麵形的説法。

· **義大利料理常用的工具**：工欲善其事，必先利其器，想要做出正統的義大利料理，相關的烹飪器具當然要先準備好。

· **烹飪時常會用到的動詞**：配合照片記憶，讓您迅速就能把烹飪中常使用的義大利語動詞記起來。

· **練習解答、生詞索引**：如果對義大利語食譜中常出現的詞彙還不熟悉，隨時翻到附錄查詢，學習更有效率。

目錄

義大利麵篇／

目錄

義大利
麺篇／

PASTA

Penne al pomodoro
羅勒紅醬筆管麵

Ingredienti (per 4)

Cipolla	1/2	Basilico	8 foglie / 5g
Olio	2 cucchiai	Penne	320g
Passata	300g	Pepe	q.b.
Sale	q.b.	Parmigiano	100g

食材（4 人份）

洋蔥	半顆	羅勒葉	8 片 / 5g
橄欖油	2 大匙	筆管麵	320g
蕃茄泥	300g	黑胡椒	適量
鹽巴	適量	帕馬森起司	100g

PROCEDIMENTO
作法步驟

▶MP3-02

PASSO 01

PASSO 02

PASSO 03

PASSO 04

① Soffriggere a fuoco dolce per 10 minuti la cipolla tritata.

② Aggiungere quindi la passata e cuocere a fiamma bassa per un'ora; quando si addensa, aggiungere sufficente acqua calda per evitare che si bruci.

③ Cuocere le penne in abbondante acqua salata.

④ Aggiungere il basilico sminuzzato a mano e aggiustare di sale e pepe, quindi mescolare con le penne.

⑤ Impiattare e spolverare con parmigiano.

主廚的堅持 還是蕃茄醬？蕃茄泥

蕃茄醬或 ketchup（英）是半酸半甜的、用蕃茄做的醬。該醬料平常用來沾炸的菜色，如薯條、炸雞塊、炸蔥卷等等。簡單來説，是美式料理常用的調味料。但這種蕃茄醬絕對不能用來做紅醬！我們煮義大利麵時所使用的一般是原味蕃茄泥，義文叫做「passata di pomodoro」，英文叫做「tomato puree」。我建議買義大利進口的蕃茄泥，因為味道比較不酸。

❶ 以 2 大匙的橄欖油把切碎的洋蔥用小火低溫炒 10 分鐘。

❷ 然後加入蕃茄泥，用小火煮 1 個小時，等收汁後再加入適量的熱水以免燒焦。

❸ 將筆管麵放入鹽水中煮熟。

❹ 加入用手撕碎的羅勒，灑上鹽巴和黑胡椒粉調味，然後與筆管麵攪拌。

❺ 盛盤後灑上帕馬森起司。

主廚的堅持　蕃茄罐頭指南

市面上的蕃茄罐頭種類和品牌多得數不清，挑選可以增添菜色味道的罐頭真的不容易！在這裡提供幾個可以幫助你們挑到好罐頭的簡單原則。

1. 別買已調味的罐頭，例如「蘑菇義大利麵醬」、「拿坡里義大利麵醬」、「西西里義大利麵醬」、「蕃茄辣味義大利麵醬」等，因為含有不少的防腐劑，而且不管你們買什麼口味，最後會發現味道大同小異。

2. 別買美國進口的罐頭，因為美國蕃茄的品種比較酸，香味也跟義大利的品種有所差異。那麼，如何辨別哪個牌子是義大利的產品呢？原則上，義大利進口的罐頭上會出現這些文字：passata、pelati、concentrato 和 polpa。這些詞的意思又是什麼呢？
Passata- 蕃茄泥 -Puree （英）
Pelati- 整顆 -Whole Tomatoes （英）
Concentrato- 蕃茄糊 -Paste （英）
Polpa- 切丁蕃茄 -Diced Tomatoes （英）

▶MP3-03

生詞表		

1	Cipolla (f)	名 洋蔥
2	Olio (m)	名 橄欖油
3	Passata (f)	名 蕃茄泥
4	Sale (m)	名 鹽巴
5	q.b.	適量
	quanto basta	適量
6	Basilico (m)	名 羅勒
7	Foglia (f)	名 葉子
8	Penna (f)	名 筆管麵
9	Pepe (m)	名 黑胡椒
10	Parmigiano (m)	名 帕馬森起司
11	Cuocere	動 煮
12	Abbondante	形 大量的
13	Acqua salata	鹽水
	Acqua (f)	名 水
	Salato	形 鹹的
14	Soffriggere	動 低溫炒
15	A fuoco dolce	小火
	A fiamma bassa	小火
16	Tritato	形 切碎的
	Tritare	動 切碎
17	Aggiungere	動 加入
18	Addensare	動 收汁
19	Sufficente	形 足夠的
20	Caldo	形 熱的
21	Evitare	動 避免
22	Bruciare	動 燒焦
23	Sminuzzato a mano	用手撕碎的
	Sminuzzare	動 撕碎
24	Aggiustare	動 調味
25	Mescolare	動 攪拌
26	Spolverare	動 灑
27	Impiattare	動 盛盤

詞彙練習

1. 請將以下單字倒寫成正確單字並寫出中文意思。

ELAS   ONAIGIMRAP
ERAICURB   EREGNUIGGA
ERECOUC

2. 連連看,請選出最正確的組合。

1. SPOLVERARE   A. TRITATA

2. FOGLIA   B. A FUOCO DOLCE

3. CIPOLLA   C. A MANO

4. SOFFRIGGERE   D. BASILICO

5. SMINUZZARE   E. PEPE E PARMIGIANO

3. 請將以下所列出來的單字分別填入句子中。

CUOCERE   IN PADELLA   SALATA

AGGIUNGERE   ABBONDANTE

(1) Soffriggere _____ per 10 minuti la cipolla tritata.

(2) _____ il basilico sminuzzato a mano.

(3) _____ le penne in _____ acqua
     _____.

來喝一杯葡萄酒 ▶ ◀ ◀

酒名: **皇金紅酒** Rupe Nero, Gold, Rosso Piceno DOC
品種: Sangiovese & Montepulciano
特色: 來自義大利中部 Le Marche,使用兩款代表性葡萄品種
     Sangiovese 和 Montepulciano,前者的果酸可跟蕃茄醬汁協
     調,後者則提供紅酒的圓潤度,酒中的草本風味能與菜餚
     的羅勒相互呼應,亦可搭配 Pizza Margherita !

Orecchiette alla boscaiola
aromatizzate al tartufo
松露蘑菇醬貓耳朵麵

Ingredienti (per 4)

Salsa tartufata	40g		Pepe	q.b.
Orecchiette	320g		Sale	q.b.
Funghi champignon	500g		Aglio	1 spicchio
Olio	2 cucchiai		Prezzemolo	q.b.
Vino bianco	100ml		Pecorino	100g

食材（4 人份）

松露蘑菇醬	40g		黑胡椒	適量
貓耳朵麵	320g		鹽巴	適量
蘑菇	500g		蒜頭	1 瓣
橄欖油	2 大匙		巴西利	適量
白葡萄酒	100ml		羊乾酪	100g

PROCEDIMENTO
作法步驟

PASSO
01

PASSO
02

PASSO
03

❶ Cuocere le orecchiette in abbondante acqua salata.

❷ In una padella soffriggere l'aglio fino a dorarlo. Aggiungere quindi i funghi affettati e saltare per due minuti.

❸ Alzare la fiamma, sfumare con vino bianco, e continuare a cuocere a fuoco lento per 10 minuti.

❹ A cottura conclusa, togliere l'aglio, condire con sale, pepe e prezzemolo tritato.

❺ Unire quindi le orecchiette, e mescolare.

❻ Impiattare, spolverare di pecorino, e guarnire con la salsa tartufata.

煮義大利麵的正確方法
主廚的堅持

授課時,我發現不少學生不太熟悉煮義大利麵的正確流程。煮義大利麵條時要注意兩個要素:水量與鹹度。以下一個一個分別説明。

水量:麵與水的比例是麵 100g / 水 1 公升,水可多不可少。若水量太少,義大利麵很容易黏在一起,而且煮麵的速度不平均,導致下面的麵會煮熟甚至煮爛,而上面的卻還沒煮熟。

鹹度:水微滾了,再加入足夠的鹽巴。請注意「足夠」這兩個字!我知道台灣朋友都很小心用鹽巴,但要記得,鍋子裡有 1 公升的水,而水卻連一點鹹味都沒有。因此建議至少放入 1 大匙的鹽巴!標準比例是水 1 公升 / 鹽巴 12 ~ 15g。

PASSO
04

PASSO
05

PASSO
06

❶ 將貓耳朵麵放入鹽水中煮熟。

❷ 在鍋子裡倒入橄欖油，再放入蒜頭用中火炒，炒到金黃色為止，然後放入切片的蘑菇，並再炒 2 分鐘。

❸ 將爐火稍微調大，接著倒入白葡萄酒，酒蒸發後調回小火，再繼續炒 10 分鐘。

❹ 炒完之後把蒜頭撈出來，再灑上鹽巴、黑胡椒粉與切碎的巴西利調味。

❺ 將煮熟的貓耳朵麵放進醬汁裡，攪拌均勻。

❻ 盛盤後，灑上羊乾酪粉，淋上松露蘑菇醬。

主廚的堅持

黑松露與白松露

松露是野生的菌類植物，世界上品質最好的松露是來自義大利阿爾巴（Alba）的白松露，1公斤曾叫價3000歐元，再來就是產自法國佩利哥（Perigord）的黑松露。現在市場買到的松露多半是人工種植，野生的松露數量不到 5%，價錢也最高，不過要從市場裡分辨松露是野生或人工種植的，只有松露專家才聞得出來。松露的產季是從 11 月到隔年的 3 月，人工種植的，例如澳洲的松露則整年都有。

| 生詞表 |

1	**Salsa tartufata (f)**	名 松露蘑菇醬
2	**Orecchietta (f)**	名 貓耳朵麵
3	**Fungo (m)**	名 菇
	Fungo champignon (m)	名 蘑菇
4	**Vino bianco (m)**	名 白葡萄酒
	Vino rosso (m)	名 紅葡萄酒
5	**Aglio (m)**	名 蒜頭
6	**Spicchio (m)**	名 瓣
7	**Prezzemolo (m)**	名 巴西利
8	**Pecorino (m)**	名 羊乾酪
9	**Padella (f)**	名 平底鍋
10	**Dorare**	動 使……變成金黃色
11	**Affettato**	形 切片的
	Affettare	動 切片
12	**Saltare**	動 炒
13	**Sfumare**	動 蒸發
14	**Continuare**	動 繼續
15	**A fuoco lento**	小火
16	**Togliere**	動 撈出
17	**Condire**	動 調味
18	**Unire**	動 放入
19	**Guarnire**	動 裝盤、擺盤

來喝一杯葡萄酒 ▸ ▸━━━━━━━━━━━━━━━━◂ ◂

酒名： **彼雅佐紅酒** Piazzo, Langhe DOC
品種： Nebbiolo
特色： 來自義大利西北部 Piemonte，其次產區 Langhe 釀產的
　　　Nebbiolo 不需要太長的醒酒時間，酒散發優雅的紅莓果、
　　　玫瑰、蔬菜、草本等香氣，其蔬菜、草本風味適合搭配
　　　松露、蘑菇醬汁的料理，讓味蕾感受更多的層次。

▸ ▸━━━━━━━━━━━━━━━━━◂ ◂

🍳 1. 連連看，請選出最正確的組合。

FUNGO CHAMPIGNON　　**ORECCHIETTE**　　**VINO BIANCO**　　**PREZZEMOLO**

🔍 2. 請將以下單字倒寫成正確單字並寫出中文意思。

ONIROCEP　　　　　　　**EREILGOT**

ERAMUFS　　　　　　　**ERAROD**

OLOMEZZERP

🥄 3. 請將以下所列出來的單字分別填入句子中。

SALTARE　　　　　　**SPOLVERARE**

PREZZEMOLO

(1) Aggiungere i funghi affettati e _____ per due minuti.

(2) Condire con sale, pepe e _____ tritato.

(3) Unire le orecchiette, _____ di pecorino e mescolare.

Farfalle alla crema di peperoni
甜椒雙種起司醬蝴蝶麵

Ingredienti (per 4)

Cipolla	1/2	Pepe	q.b.
Peperone giallo	1	Sale	q.b.
Pomodori	2	Prezzemolo	q.b.
Olio	2 cucchiai	Farfalle	320g
Philadelphia	100g	Pecorino	100g

食材（4 人份）

洋蔥	半顆	黑胡椒	適量
黃甜椒	1 顆	鹽巴	適量
牛蕃茄	2 顆	巴西利	適量
橄欖油	2 大匙	蝴蝶麵	320g
Philadelphia 起司	100g	羊乾酪	100g

PROCEDIMENTO
作法步驟

PASSO
01

PASSO
02

PASSO
03

❶ Cuocere le farfalle in abbondante acqua salata.

❷ Tagliare finemente la cipolla; tagliare a strisce i pomodori e il peperone privandoli di semi.

❸ In una padella antiaderente, soffriggere a fuoco dolce per 10 minuti la cipolla fino a renderla trasparente, aggiungere quindi i peperoni e cuocere per 10 minuti, e infine aggiungere i pomodori.

❹ A cottura completa, frullare con il mixer, e aggiustare di sale e pepe.

❺ Unire il Philadelphia e le farfalle, e amalgamare. Se la crema risulta troppo densa, aggiungere un pò di acqua di cottura.

❻ Spolverare con pecorino e prezzemolo tritato, impiattare.

主廚的堅持

黃甜椒與紅甜椒

來台灣後我發現台灣人不怎麼愛甜椒，雖然中式料理偶爾出現綠色的青椒，黃色或紅色的甜椒卻幾乎不使用。我之所以常做這道菜給學生試吃，是因為想挑戰台灣人的味蕾，後來他們會發現甜椒其實沒有那麼難吃！在義大利夏天就是甜椒的季節，因此也常常會煮甜椒。烹飪甜椒的方法很多：可以用烤的、可以鑲肉或米、可以做成泥等。

PASSO
04

PASSO
05

① 將蝴蝶麵放入鹽水中煮熟。

② 將洋蔥切碎、蕃茄切條去籽、甜椒切塊去籽。

③ 在不沾鍋裡，以 2 大匙橄欖油把切碎的洋蔥用小火低溫炒 10 分鐘左右，炒到透明為止，再加入甜椒煮 10 分鐘，最後放入蕃茄。

④ 蔬菜熟了之後以調理棒打成泥，再以鹽巴和黑胡椒調味。

⑤ 放進 Philadelphia 起司和煮熟的蝴蝶麵並攪拌均勻。若顯得太乾，可以加入一點煮麵水。

⑥ 灑上羊乾酪粉與切碎的巴西利，最後盛盤。

PASSO
06

主廚的堅持

麵煮好了，需不需要沖冷水？

不少人習慣麵煮好了之後沖冷水，為的是提升口感。但這個觀念大錯特錯！若把煮好的麵沖水，會把它們的澱粉洗掉，醬料就無法沾附在麵上。既然如此，為什麼一些食譜提到要沖冷水呢？因為有三個例外：

一、做涼麵時需要沖冷水，以免瀝乾的麵因為熱度還在而煮過頭。

二、煮麵片時也需要沖冷水，以免瀝乾的麵因為熱度還在而煮過頭。

三、有些廚師為了方便以及避免客人點菜之後等太久，營業前會先把足夠的麵煮好備用，煮到半熟為止，然後沖冷水以免瀝乾的麵因為熱度還在而煮過頭。客人點菜了之後再把麵煮熟。

▶MP3-09

生詞表

1	**Peperone giallo (m)**	名	黃甜椒
	Peperone rosso (m)	名	紅甜椒
	Peperone (m)	名	甜椒
2	**Pomodoro (m)**	名	牛蕃茄
3	**Farfalla (f)**	名	蝴蝶麵
4	**Tagliare finemente**	動	切碎
	Tagliare a strisce	動	切條
	Tagliare a cubetti	動	切丁
5	**Privare di**	動	去（籽、頭、尾）
6	**Seme (m)**	名	籽
7	**Padella antiaderente (f)**	名	不沾鍋
8	**Frullare**	動	打成泥
9	**Mixer (m)**	名	調理棒
10	**Amalgamare**	動	攪拌
11	**Denso**	形	濃稠的
12	**Acqua di cottura (f)**		煮麵水

補充詞彙	Unità di misura		單位	
	Grammo	公克	Chilo	公斤
	Etto	100 公克	Litro	公升

來喝一杯葡萄酒 ▶ ▶ ◀ ◀

酒名： **大地紅酒** Terra, Lacrima di Morro d'Alba DOC
品種： **Lacrima**
特色： Lacrima 生長在義大利中部 Le Marche，是個極為特殊且香甜的品種。可不要被這迷人的玫瑰花香和淡雅的蜂蜜香氣所誤導，口感上，這款酒是不甜且酒體飽滿，因此不會被濃郁的起司味「壓倒」，反而有「相得益彰」的效果出現！

▶ ▶ ◀ ◀

1. 連連看，請選出最正確的組合。

PECORINO　　　　**PENNE**　　　　**FARFALLE**　　　　**POMODORI**

2. 請將以下單字依照詞性分類。

POMODORO　　　　　　ACQUA
FRULLARE　　　　　　 TAGLIARE
IMPIATTARE　　　　　　SEME
PEPERONE ROSSO　　　 AMALGAMARE

動詞	名詞

3. 請將以下所列出來的單字分別填入句子中。

FINEMENTE　　　　**SALE**

FRULLARE　　　　**PEPE**

(1)　Tagliare _____ la cipolla.

(2)　_____ con il mixer.

(3)　Aggiustare di _____ e _____.

Pasta alla Norma

西西里風格
茄子紅醬水管麵

Ingredienti (per 4)

Melanzane	300g		Olio	4 cucchiai
Aglio	2 spicchi		Basilico	20 foglie / 15g
Pepe	q.b.		Pecorino	200g
Sale	q.b.		Sale grosso	q.b.
Passata	200g		Olio di girasole	q.b.
Rigatoni	320g			

食材（4 人份）

茄子	300g		橄欖油	4 大匙
蒜頭	2 瓣		羅勒葉	20 片 / 15g
黑胡椒	適量		羊乾酪	200g
鹽巴	適量		粗鹽	適量
蕃茄泥	200g		向日葵油	適量
水管麵	320g			

PROCEDIMENTO
作法步驟

PASSO
01

PASSO
02

PASSO
03

❶ Recidere il peduncolo e il fondo delle melanzane. Tagliarle a metà, e poi tagliarle a fette sottili. Disporle a strati nello scolapasta, spolverare con sale grosso ogni strato, coprirle quindi con un piatto su cui mettere un peso per drenarle.

❷ Dopo un'ora, sciacquare con abbondante acqua, asciugare quindi con un panno, e friggere fino a dorarle. Riporle su un foglio di carta per asciugare l'olio, e affettarle in striscioline.

❸ Soffriggere l'aglio tritato a fuoco dolce fino a dorarlo. Aggiungere quindi la passata e cuocere per mezzora.

❹ A cottura conclusa, aggiungere il basilico sminuzzato a mano, e condire con sale e pepe.

❺ Cuocere i rigatoni in abbondante acqua salata.

❻ Unire i rigatoni e le melanzane alla salsa, mescolare e poi impiattare. In ultimo, spolverare con pecorino.

麵不等人！！
主廚的堅持

義大利人超級喜歡邀請朋友到他們家聚餐，身為義大利人的我也不例外！所以每個禮拜我都會請朋友來我家品嚐新的菜色，還會搭配美味的紅酒，輕輕鬆鬆地聊天。與台灣朋友一起用餐很愉快，但有個小小的請求，即義大利麵做好了，已盛盤了，就要趕快吃，因為義大利麵就是要趁熱吃！若麵冷掉，味道就變了，不再那麼好吃了！也許台灣人吃不出哪裡不一樣，但為了對你們親愛的義大利朋友表現尊重，一定要立刻開動！也就是因為這個原因，義大利人會先等到所有朋友到場了才下麵。

類似的情況，每次去台灣朋友家做菜，第一個聽到的問題是「書宏，我要先開始煮麵嗎？」我心裡想：「急什麼？」正是因為醬汁快好時才需要開始煮義大利麵！

① 茄子先去頭，等切到一半，再切成薄片。在麵條瀝乾器裡排成一列及灑上粗鹽，再排一層灑上粗鹽，再排一層直到用完為止。最後用盤子蓋上，在盤子上施壓，為的是使茄子出水。

② 一個小時後，大量沖水，用乾淨的布擦乾後，放入炸鍋，炸到變色為止。接著排在紙上吸油，最後切條。

③ 在平底鍋裡以橄欖油把切碎的蒜頭用小火低溫炒到變金黃色為止，再倒入蕃茄泥，以小火煮半個小時。

④ 關火之後灑上用手撕碎的羅勒以及灑上鹽巴與黑胡椒粉調味。

⑤ 將水管麵放入鹽水中煮熟。

⑥ 把水管麵放入紅醬裡，再加入炸茄子，攪拌及盛盤。最後灑上羊乾酪粉。

請給我機會讓你們愛上茄子

主廚的堅持

教了幾年的烹飪課，我發現台灣人不那麼喜愛茄子。只要菜單裡出現了一道有茄子的菜餚，報名的學生就會突然減少。有時烹飪教室的主任會直接從我菜單裡刪掉有茄子的菜色，促使我趕快想出另一道菜。義大利料理中，尤其是南義傳統食譜常用茄子，但是台灣人一點都無法忍受茄子的味道。說實在的，這件事讓我非常懊惱！畢竟義大利料理並不僅是海鮮、羅勒和蕃茄吧！身為推廣正統義大利料理的我，有責任逐漸地改變台灣朋友的口味，而非被台灣人的喜好同化了！

根據我的觀察，台灣人並不討厭茄子本身的香味而是口感。所以只要先讓茄子出水再炸或烤就可以顯現茄子的香味了，同時也能去掉那種令人討厭、軟趴趴的口感。

▶MP3-12

生詞表

1	**Melanzana (f)**	名	茄子
2	**Rigatone (m)**	名	水管麵
3	**Sale grosso (m)**	名	粗鹽
4	**Olio di girasole (m)**	名	向日葵油
	Olio d'oliva (m)	名	橄欖油
5	**Recidere**	動	切掉
6	**Peduncolo (m)**	名	茄子頭
7	**Tagliare a metà**	動	對切
	Tagliare a fette	動	切片
8	**Sottile**	形	薄的
9	**Disporre**	動	擺
10	**Scolapasta (f)**	名	麵條瀝乾器
11	**Coprire**	動	蓋
	Coperchio (m)	名	蓋子
12	**Piatto (m)**	名	盤子
13	**Mettere**	動	放
14	**Drenare**	動	出水
15	**Sciacquare**	動	沖水
16	**Asciugare**	動	擦乾
17	**Panno (m)**	名	抹布
18	**Friggere**	動	炸
19	**Riporre**	動	擺
20	**Foglio di carta (m)**	名	紙
21	**Affettare in striscioline**	動	切條

來喝一杯葡萄酒 ▶ ▶ ◀ ◀

酒名： **勝利紅酒** Valle Dell'Acate, Cerasuolo di Vittoria DOCG
品種： Nero d'Avola & Frappato
特色： Sicilia 唯一的 DOCG 等級酒款就是 Cerasuolo di Vittoria，
法定可使用的品種為 Nero d'Avola & Frappato，前者提供
酒體厚實的架構、後者則增添香氣與風味，此紅酒與菜
餚都是西西里島的經典，來個在地紅酒搭配當地風格的
料理！

▶ ▶ ◀ ◀

詞彙練習

1. 連連看，請選出最正確的組合。

| MELANZANA | RIGATONE | BASILICO | PASSATA |

2. 連連看，請選出最正確的組合。

1. SCIACQUARE	A. IN STRISCIOLINE
2. ASCIUGARE	B. PEDUNCOLO
3. TAGLIARE	C. CON ACQUA
4. AFFETTARE	D. CON UN PANNO
5. RECIDERE	E. A META'

3. 請將以下單字依照詞性分類。

AFFETTARE
AGLIO
CONDIRE
SCOLAPASTA

PADELLA
CONTINUARE
GUARNIRE
CUCCHIAIO

動詞	名詞

Trofie al pesto genovese
青醬特飛麵

Ingredienti (per 4)

Aglio	1 spicchio	Pinoli	1 cucchiaio / 20g
Sale grosso	1 cucchiaino / 10g	Trofie	320g
Olio	5 cucchiai / 70ml	Patata	1
Basilico	90 foglie / 60g	Fagiolini	6
Pecorino	3 cucchiai / 40g		

食材（4 人份）

蒜頭	1 瓣	松子	1 大匙 / 20g
粗鹽巴	1 小匙 / 10g	特飛麵	320g
橄欖油	5 大匙 / 70ml	馬鈴薯	1 顆
羅勒葉	90 片 / 60g	四季豆	6 條
羊乾酪	3 大匙 / 40g		

PROCEDIMENTO
作法步驟

❶ Cuocere le trofie in abbondante acqua salata.

❷ Tagliare le patate in fette spesse un centimentro e cuocerle in acqua salata con i fagiolini privati di testa e coda.

❸ Dopo aver lavato le foglie di basilico, asciugarle una ad una con un panno, e metterle nel frullatore insieme al sale grosso, all'aglio, ai pinoli e all'olio.

❹ Frullare, aggiungere il pecorino e mescolare. Un suggerimento: prima dell'uso ponete la lama nel freezer per un'ora, per evitare che la temperatura troppo alta durante la frullazione renda il pesto amaro.

❺ In ultimo, amalgamate le trofie con il pesto. Decorare il piatto con una fetta di patata, due fagiolini, una foglia di basilico e alcuni pinoli.

PASSO 01

PASSO 02

PASSO 03

在台的青醬
主廚的堅持

剛來台灣的時候，每一家義式餐廳和義大利麵店都給我很大的驚喜，因為在這些地方發現了在我國一直以來都沒看過的菜色，青醬就是最明顯的例子。在台灣可以吃到雞肉青醬義大利麵、培根青醬義大利麵、海鮮青醬義大利麵、蛤蜊青醬義大利麵等口味的青醬，在義大利卻只有原味的青醬。若不是義大利人太單調，就是台灣人太有創意和豐富的想像力！

PASSO
04

PASSO
05

① 將特飛麵放進鹽水中煮熟。

② 把 1 顆馬鈴薯切成 1 公分厚的片狀並與去頭去尾的四季豆一起放入鹽水中煮到半熟。

③ 將羅勒葉洗好了之後，一片片擦乾，接著與粗海鹽、蒜頭、松子和橄欖油放入果汁機打成泥。

④ 再加入羊乾酪粉攪拌。小提醒：使用前先把果汁機裡的刀子放在冷凍庫一個小時，以免攪拌時刀子太高的溫度導致青醬變苦。

⑤ 最後將特飛麵與青醬攪拌均勻。運用 1 個馬鈴薯片、2 條四季豆、1 張羅勒葉和幾個松子裝盤。

主廚的堅持

哪裡不一樣？羅勒與九層塔

說到羅勒，到底與九層塔有哪裡不一樣？正確地說，九層塔是羅勒的一種，但義式料理中青醬所使用的羅勒應是「甜羅勒」，若以九層塔做青醬，口感會較澀，氣味也較重喔。

▶MP3-15

生詞表		

1 **Pesto (m)** 　名 青醬
2 **Cucchiaino (m)** 　名 小匙
3 **Pinolo (m)** 　名 松子
4 **Trofia (f)** 　名 特飛麵
5 **Patata (f)** 　名 馬鈴薯
6 **Fagiolino (m)** 　名 四季豆
7 **Spesso** 　形 厚的
8 **Centimetro (m)** 　名 公分
9 **Testa (f)** 　名 頭
10 **Coda (f)** 　名 尾
11 **Lavato** 　形 洗乾淨的
　 Lavare 　動 洗
12 **Frullatore (m)** 　名 果汁機
13 **Porre** 　動 放
14 **Lama (f)** 　名 刀
15 **Freezer (m)** 　名 冷凍庫
　 Frigo (m) 　名 冷藏
16 **Temperatura (f)** 　名 溫度
17 **Amaro** 　形 苦的
18 **Dolce** 　形 甜的
19 **Decorare** 　動 裝飾
20 **Fetta (f)** 　名 切片

來喝一杯葡萄酒 ▶

酒名： **法蕾歐白酒** Terra, Falerio DOC
品種： Pecorino, Passerina, Trebbiano
特色： 青醬看似簡單，內卻含豐富的食材。而這款來自義大利
　　　中部 Le Marche 的 Falerio 白酒，其混釀三種特色品種：
　　　與起司同名的 Pecorino、有「小麻雀」之稱的 Passerina、
　　　提供酒體的 Trebbiano，讓此白酒如同青醬，看似簡單但
　　　品嚐時可感受其圓潤、不單調的風格。

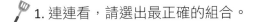

詞彙練習

1. 連連看，請選出最正確的組合。

PINOLI	FAGIOLINI	PATATE	TROFIE

2. 請將以下單字依照語義分類。

BASILICO
FRULLATORE
CUCCHIAIO
PATATA

FREEZER
AGLIO
SALE GROSSO
FRIGO

食材	工具

3. 請從下表中圈出隱藏詞彙。

B	Q	F	T	A	E	R	P	R	E
S	B	O	A	C	Q	U	A	S	V
T	A	G	S	I	U	L	S	C	I
R	S	L	P	E	P	E	S	I	T
I	I	I	E	C	A	P	A	P	A
T	L	A	N	A	D	U	T	O	R
A	I	O	N	L	D	S	A	L	E
T	C	P	E	D	O	A	N	L	Z
O	O	L	I	O	E	R	E	A	A

QB	TRITATO	BASILICO	FOGLIA
OLIO	ACQUA	PENNE	PEPE
CALDO	PASSATA	CIPOLLA	EVITARE

MENU
06

Fettuccine alla carbonara
培根雞蛋中寬捲麵

Ingredienti (per 5)

Fettuccine	400g		Sale	q.b.
Uova	5		Pepe	q.b.
Pancetta	150g		Pecorino	100g
Olio	1 cucchiaio			

食材（5 人份）

中寬捲麵	400g		鹽巴	適量
雞蛋	5 顆		黑胡椒	適量
培根	150g		羊乾酪	100g
橄欖油	1 大匙			

PASSO
01

PASSO
02

❶ Cuocere le fettuccine in abbondante acqua salata.

❷ In una padella aggiungere un cucchiaio d'olio e soffriggere la pancetta.

❸ Nel frattempo, separare i tuorli dagli albumi, montarli a neve con uno sbattitore dopo aver aggiunto un pizzico di sale; aggiungere un pizzico di sale e spolverare con pepe i tuorli e sbatterli fino ad ottenere un composto omogeneo.

❹ Scolare le fettuccine cotte al dente e aggiungerle alla pancetta, amalgamare facendo in modo che le fettuccine si insaporiscano bene.

❺ Alla fine decorare il piatto con uno strato di albume montato, spolverare con pecorino, completare con uno strato di fettuccine su cui versare i tuorli.

主廚的堅持

絕不加白醬！
雞蛋中寬捲麵
正統的培根

培根雞蛋醬的作法非常簡單，算是最快完成的義大利麵醬料之一。主要的食材又少又好買，像是培根、雞蛋、起司粉。由於起司粉很容易吸收醬汁，所以醬容易變得太乾。為了克服這個問題，有的義大利人會加入一點煮麵水，而有的外籍廚師則加入白醬。若想讓您的義大利朋友覺得口味更道地，最好避免加白醬！但為了讓您的培根雞蛋醬顯得夠乳脂狀，則建議您把蛋白打發。

PASSO
03

PASSO
04

① 將中寬捲麵放入鹽水中煮熟。

② 在平底鍋中用 1 大匙的橄欖油低溫炒已切片的培根，炒到變色為止。

③ 在煮中寬捲麵的同時，將蛋黃與蛋白分開，並用打蛋機打發加了適量的鹽巴的蛋白；將鹽巴和黑胡椒粉灑在蛋黃上，攪拌均勻。

④ 將煮到口感彈牙的中寬捲麵瀝乾後，再加入有培根的平底鍋裡攪拌均勻使其入味。

⑤ 最後裝盤：先擺打發的蛋白與起司粉，再擺中寬捲麵與培根，最後倒入蛋黃及灑黑胡椒粉。

胡椒
主廚的堅持

胡椒的義大利文是「pepe」，而胡椒種類很多：有黑胡椒「pepe nero」、白胡椒「pepe bianco」、粉紅胡椒「pepe rosa」、綠胡椒「pepe verde」等。但因為義大利料理最常用的是黑胡椒，因此食譜裡的「pepe」通常指的就是黑胡椒，而不會刻意註明是「pepe nero」。此外，請您注意：義大利料理很少用黑胡椒粒。

▶MP3-18

生詞表

1	**Fettuccine (f)**	名	中寬捲麵
2	**Uovo (m)**	名	雞蛋
3	**Pancetta (f)**	名	培根
4	**Separare**	動	分開
5	**Tuorlo (m)**	名	蛋黃
6	**Albume (m)**	名	蛋白
7	**Montare a neve**	動	打發
8	**Sbattitore (m)**	名	打蛋機
9	**Un pizzico di**		一小撮
10	**Composto (m)**	名	醬料
11	**Omogeneo**	形	均勻的
12	**Scolare**	動	瀝乾
13	**Insaporire**	動	入味
14	**Completare**	動	完成
15	**Versare**	動	倒

來喝一杯葡萄酒 ▶ ▶━━━━━━━━━◀ ◀

酒名：**俱樂部紅酒** Club, Montepulciano d'Abruzzo DOC
品種：Montepulciano
特色：Montepulciano 品種的經典產區就是 Abruzzo，但可別跟 Toscana 的知名酒款 Vino Nobile di「Montepulciano」搞混，前者為品種名，後者則是地名。Montepulciano d'Abruzzo 紅酒香氣宜人，沒有過高的酸度，口感圓潤、酒體適中，搭配此道培根雞蛋中寬捲麵，簡單又美味！

▶ ▶━━━━━━━━━◀ ◀

詞彙練習

1. 連連看，請選出最正確的組合。

| PANCETTA | UOVO | OLIO | PECORINO |

2. 連連看，請選出最正確的組合。

1. MONTARE   A. OMOGENEO

2. UN PIZZICO   B. A NEVE

3. DECORARE   C. IL PIATTO

4. COMPOSTO   D. DI SALE

3. 請將以下所列出來的單字分別填入句子中。

SEPARARE

AL DENTE

PEPE

(1) Spolverare con _____ i tuorli.

(2) _____ i tuorli dagli albumi.

(3) Scolare le fettuccine cotte _____.

Tagliatelle alla bolognese

正統肉醬義大利鳥巢麵

Ingredienti (per 4)

Sedano	2 gambi		Sale	q.b.
Cipolla	1		Pepe	q.b.
Carota	1		Noce moscata	q.b.
Passata	350g		Olio	2 cucchiai
Carne di manzo macinata	200g		Tagliatelle	320g
Carne di maiale macinata	200g		Buccia di limone	1/2
Vino rosso	100ml		Parmigiano	q.b.
Latte	200ml			

食材（4 人份）

西洋芹菜	2 條		鹽巴	適量
洋蔥	1 顆		黑胡椒	適量
紅蘿蔔	1 條		豆蔻粉	適量
蕃茄泥罐頭	350g		橄欖油	2 大匙
牛絞肉	200g		鳥巢麵	320g
豬絞肉	200g		檸檬皮	半顆
紅酒	100ml		帕馬森起司	適量
牛奶	200ml			

跟著義大利主廚學義大利語

❶ Preparare il battuto frullando insieme sedano, cipolla e carota. Soffriggere a fuoco medio il battuto in due cucchiai di olio d'oliva.

❷ Una volta addensato, aggiungere la carne macinata. Dopo tre minuti, versare il vino rosso, sfumare e spolverare con noce moscata.

❸ Cuocere a fuoco dolce fino ad addensare, aggiungere quindi la passata e la buccia di limone.

❹ Cuocere a fuoco dolce per due ore, e quando occorre aggiungere acqua per evitare che si bruci. A mezzora dalla fine versare a piano a piano il latte.

❺ Aggiustare di sale e pepe.

❻ Nel frattempo cuocere le tagliatelle in abbondante acqua salata. Mischiare con la salsa, spolverare di parmigiano e impiattare.

PASSO 01
PASSO 02
PASSO 03

主廚的堅持
酸味的方法
降低蕃茄

肉醬是義大利麵醬料中最著名之一，主要的食材是絞肉和蕃茄泥，而在煮蕃茄泥時會面對的挑戰是需要降低蕃茄本身的酸味。因為美國的蕃茄比較酸，所以從美國進口的罐頭酸味會多一些，因此建議可以買義大利進口的蕃茄罐頭。為了降低酸味，大多數的外籍廚師會加糖，但這絕對不是義大利人所選擇的方法；為了降低酸味，義大利的媽媽會把蕃茄泥熬 2 個小時，等收汁了再加熱水，直到酸味大大降低為止。

PASSO
04

PASSO
05

PASSO
06

1 首先要準備「battuto」，也就是把芹菜、洋蔥和紅蘿蔔打成泥。用 2 大匙橄欖油把蔬菜泥以中火炒到乾。

2 再加入絞肉炒 3 分鐘，接著調到大火並倒入紅酒，等到酒蒸發了以後再調回小火並灑上豆蔻粉。

3 用小火煮到收汁，再放進蕃茄泥和檸檬皮。

4 用小火把醬汁煮 2 個小時，等收汁後再加入適量的熱水以免燒焦；最後半個小時慢慢倒入牛奶。

5 灑鹽巴和黑胡椒粉調味。

6 將鳥巢麵放入鹽水中煮熟，最後與醬料一起攪拌，灑帕馬森起司粉及盛盤。

主廚的堅持

進口的蕃茄罐頭？
為什麼要使用義大利

除了少數例外，原則上，追求健康料理的廚師通常會避免使用加工食材。在上課時我也常再三強調烹飪時運用在地食材的重要性，所以我試過好幾次用台灣在地的牛蕃茄或聖女蕃茄做紅醬，結果每次都大失所望。一來，味道不夠，二來，一點都不划算。這是因為台灣的蕃茄水分太高，所以要做到足夠的量，用到的蕃茄會很多，因此成本也會大大增加。也許有很多朋友和我一樣，只在乎味道而不在乎價格，即使成本增加也沒有關係。但除了成本增加之外，使用台灣的蕃茄還有一個美中不足的地方，那就是香氣稍顯不足，煮出來的顏色也不夠深，所以如果要做好吃又道地的紅醬，建議可以使用義大利進口的蕃茄罐頭。或者也可以兩種紅醬都做做看，找出自己喜歡的味道！

▶MP3-21

生詞表

1	**Tagliatella (f)**	名 鳥巢麵
2	**Sedano (m)**	名 芹菜
3	**Gambo (m)**	名 條
4	**Carota (f)**	名 紅蘿蔔
5	**Carne di manzo (f)**	名 牛肉
	Carne di maiale (f)	名 豬肉
	Carne macinata (f)	名 絞肉
	Carne (f)	名 肉
6	**Latte (m)**	名 牛奶
7	**Noce moscata (f)**	名 豆蔻粉
8	**Buccia (f)**	名 皮
9	**Limone (m)**	名 檸檬
10	**Preparare**	動 準備
11	**Battuto (m)**	名 蔬菜泥
12	**A fuoco medio**	中火
13	**Mischiare**	動 攪拌
14	**Salsa (f)**	名 醬汁

來喝一杯葡萄酒 ▶▶ ◀◀

酒名： **橡樹紅酒** Pian delle Querci, Rosso di Montalcino DOC
品種： Sangiovese
特色： 正統的肉醬義大利鳥巢麵，當然要搭配傳統產區 Toscana 的酒款。除了市面上常見的 Chianti Classico 紅酒，亦可嘗試 Rosso di Montalcino 紅酒。跟同區的 Brunello di Montalcino 相較，Rosso di Montalcino 價格更加平易近人，是 Toscana 當地搭配傳統料理的選擇之一喔！

▶▶ ◀◀

1. 連連看，請選出最正確的組合。

LIMONE　　　　**SEDANO**　　　　**LATTE**　　　　**CIPOLLA**

2. 請將以下單字倒寫成正確單字並寫出中文意思。

ENRAC　　　　　　　　**ETTAL**

ERAIHCSIM　　　　　　**ERARAPERP**

3. 請將以下所列出來的單字分別填入句子中。

ADDENSARE

VERSARE

IMPIATTARE

NOCE MOSCATA

(1) ＿＿＿＿＿＿＿＿＿＿ il vino rosso, sfumare e spolverare

con ＿＿＿＿＿＿＿＿＿ .

(2) Cuocere a fuoco dolce fino ad ＿＿＿＿＿＿＿＿ .

(3) Spolverare di parmigiano e ＿＿＿＿＿＿＿＿ .

Paccheri ai frutti di mare
海鮮大管麵

Ingredienti (per 4)

Olio	2 cucchiai		Prezzemolo	q.b.
Aglio	3 spicchi		Vino bianco	100ml
Calamari	300g		Pomodorini	100g
Cozze	500g		Paccheri	320g
Vongole	1kg		Sale	q.b.
Gamberi	300g		Pepe	q.b.

食材（4 人份）

橄欖油	2 大匙		巴西利	適量
蒜頭	3 瓣		白葡萄酒	100ml
透抽	300g		聖女蕃茄	100g
淡菜	500g		大管麵	320g
蛤蜊	1kg		鹽巴	適量
蝦子	300g		黑胡椒	適量

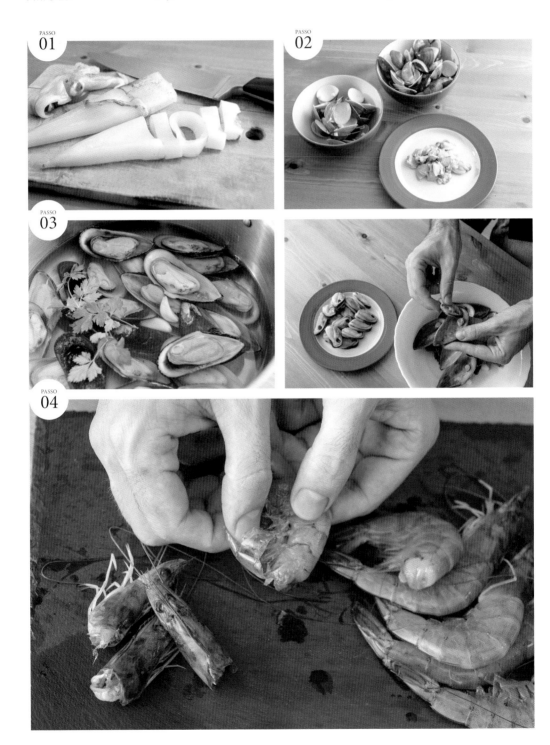

① Pulire i calamari: separare la testa dal corpo, privarli della cartilagine e della pelle. Tagliarli in anelli di un centimentro.

② Mettere le vongole a mollo in acqua salata per un'ora per spurgarle. Cuocerle in pentola fino a farle dischiudere, poi scolare e privarle del guscio. Mettere da parte il brodo di vongole, e conservarne alcune con il guscio.

③ Mettere in pentola le cozze con due spicchi di aglio e due rametti di prezzemolo. Aggiungere acqua fino a coprire e cuocere. Quindi scolare, mettere da parte il brodo, privare le cozze del guscio conservandone alcune con il guscio per poi decorare.

④ Pulire i gamberi separando la testa e la corazza, e sciacquando abbondantemente.

① 把透抽洗淨之後，將身體和腳切開來，去除軟骨、脫皮，最後把身體切成 1 公分寬的透抽卷。

② 蛤蜊泡鹽水 1 個小時，目的是排除沙子。接著在鍋子裡把蛤蜊煮到開，再瀝湯及去殼取肉，並保留蛤蜊湯和一些帶殼的蛤蜊用來最後裝盤。

③ 在鍋子裡放進退冰的淡菜、2 瓣蒜頭和巴西利。倒入水蓋過，煮到熟為止，再瀝湯並保留。

④ 把蝦子去頭、剝殼及洗乾淨。

主廚的堅持

到底要煮多少？煮義大利麵時常面臨的疑問：

義大利麵的包裝通常有兩種：500g 與 1kg。假設我們邀請三個好友來做客，到底要煮多少義大利麵呢？這本書的食譜大多是設計成 4 人份，您會發現每個食譜所提到的義大利麵的量為 320g，這是因為通常一個人所需的量不會超過 80g。當然這並不是很嚴格的規定，若您的朋友胃口很大，或您非常愛吃義大利麵，可以大於 80g。另外要考慮的是，您所設計的菜單中是不是只有義大利麵一道菜，還是有其他菜色呢？若有其他菜色，建議每個人的量更要低於 80g，否則吃了義大利麵之後很有可能就已經飽了而沒有胃口品嚐其他菜色。另外要衡量的是，菜單中除了義大利麵之外，還有其他具有澱粉的菜色嗎？例如馬鈴薯、米等食材。有的話，建議把義大利麵的分量再降低。

❺ Cuocere i paccheri in abbondante acqua salata.

❻ Soffriggere a fuoco dolce l'aglio tritato fino a dorarlo, aggiungere quindi i calamari, saltare per cinque minuti e versare il vino bianco.

❼ Lasciar sfumare e quindi aggiungere i pomodorini tagliati in quattro, e coprire con coperchio. Cuocere per 10 minuti fino a completare la cottura dei calamari.

❽ Aggiungere quindi i gamberi, e se il composto risulta troppo asciutto, aggiungere del brodo di vongole. Unire alla salsa le vongole e le cozze. Cuocere ancora 5 minuti, e poi condire con pepe, sale e prezzemolo tritato.

❾ Mescolare con i paccheri e impiattare.

❺ 煮水,滾了之後再加鹽巴煮大管麵,煮到熟為止。

❻ 用橄欖油小火低溫炒切碎的蒜頭,變成金黃色後放入透抽,炒 5 分鐘再倒入白葡萄酒。

❼ 白葡萄酒蒸發後,放入切成 4 塊的蕃茄,蓋上鍋蓋以小火煮 10 分鐘煮到透抽熟了為止。

❽ 接著放入蝦子,若醬汁太乾可倒入適量的蛤蜊湯。把蛤蜊和淡菜加到醬汁裡,煮 5 分鐘後灑黑胡椒粉、鹽巴和切碎的巴西利調味。

❾ 最後把大管麵與醬汁攪拌,便可盛盤。

主廚的堅持

橄欖油呢?在水裡倒入一點煮麵時需不需要

除非要煮麵片、雞蛋麵或手工麵,不然都不需要倒入橄欖油。大部分曾經在美國留學或跟非義大利籍的廚師學過的廚師會覺得煮麵時加橄欖油是理所當然,不過沒有任何一位義大利人會這樣做!倒入一點橄欖油的目的是預防麵黏在一起,但是其實只要品質好的麵就絕對不會黏住。因此如果煮麵時你們發現義大利麵黏住了,就知道下次要買其他牌子的義大利麵!

▶MP3-24

生詞表

1	Frutto di mare (m)	名	海鮮
2	Pacchero (m)	名	大管麵
3	Calamaro (m)	名	透抽
4	Cozza (f)	名	淡菜
5	Vongola (f)	名	蛤蜊
6	Gambero (m)	名	蝦子
7	Pomodorino (m)	名	聖女蕃茄
8	Pulire	動	清潔
9	Corpo (m)	名	身體
10	Cartilagine (f)	名	軟骨
11	Pelle (f)	名	皮
12	Tagliare in anelli	動	切卷
13	Mettere a mollo	動	泡水
	Mettere da parte	動	保留
14	Pentola (f)	名	鍋子
15	Spurgare	動	排除沙子
16	Dischiudere	動	張開
17	Guscio (m)	名	殼
18	Brodo (m)	名	湯
19	Conservare	動	保存
20	Rametto (m)	名	根
21	Corazza (f)	名	殼
22	Asciutto	形	乾的

來喝一杯葡萄酒 ▶ ▶

酒名： **斯賓諾拉白酒** Spinola, Gavi DOCG
品種： Cortese
特色： Gavi 是義大利西北部 Piemonte 重要的白酒產區，此名是
以傳說故事中的 Gavia 公主而來，她為了愛情逃到義大利
的偏遠小鎮，隱居時喝到的當地的白酒，就是以 Cortese
品種釀成。此酒有柑橘、花香與礦物味，此風味適合搭
配海鮮料理。

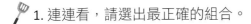

詞彙練習

1. 連連看，請選出最正確的組合。

CALAMARI   COZZE   GAMBERI   POMODORINI

2. 連連看，請選出最正確的組合。

1. BRODO	**A. TRITATO**
2. METTERE	**B. DI VONGOLE**
3. PREZZEMOLO	**C. IN ANELLI**
4. TAGLIARE	**D. DA PARTE**

3. 請將以下所列出來的單字分別填入句子中。

CORAZZA   **CONDIRE**   **GUSCIO**

(1) Scolare le vongole e privarle del _____ .

(2) Pulire i gamberi separando la testa e la _____ .

(3) _____ con pepe, sale e prezzemolo tritato.

Fusilli al pesto di
zucchine con salmone

鮭魚櫛瓜青醬螺絲麵

Ingredienti (per 4)

Fusilli	320g	Pinoli	20g
Salmone	260g	Mandorle	10g
Aglio	1 spicchio	Noci	10g
Sale	q.b.	Menta	q.b.
Pepe	q.b.	Basilico	10g / 15 foglie
Zucchine	200g	Pecorino	30g
Olio	q.b.	Vino bianco	100ml

食材（4 人份）

螺絲麵	320g	松子	20g
鮭魚	260g	杏仁	10g
蒜頭	1 瓣	核桃	10g
鹽巴	適量	薄荷	適量
黑胡椒	適量	羅勒葉	10g / 15 片
櫛瓜	200g	羊乾酪	30g
橄欖油	適量	白葡萄酒	100ml

PROCEDIMENTO
作法步驟

PASSO
01

PASSO
02

PASSO
03

❶ Lavare le zucchine e reciderne le estremità. Ridurle in strisce con una grattuggia, porle in uno scolapasta, spolverare di sale e drenare.

❷ In un mixer aggiungere al basilico i pinoli, le mandorle, le noci, sale e olio, e tritare.

❸ Unire quindi il pecorino. Aggiungere le zucchine con una goccia di olio, e tritare; conservare in frigo.

❹ Cuocere i fusilli in abbondante acqua salata.

❶ 把櫛瓜洗乾淨，去頭去尾，再以研磨器磨成條，放進瀝乾器，灑鹽巴使櫛瓜出水。

❷ 把羅勒與松子、杏仁、核桃、適量的鹽巴和橄欖油放進果汁機打成泥。

❸ 再灑羊乾酪粉，把瀝乾的櫛瓜與一點橄欖油放入果汁機再打一次，最後放進冰箱保存。

❹ 將螺絲麵放入鹽水煮熟。

義大利料理常用的蔬菜

主廚的堅持

從這本食譜中，你們會發現義大利料理經常使用的蔬菜有櫛瓜、茄子、甜椒、花椰菜和蕃茄。沒錯，是蕃茄！因為對義大利人而言，蕃茄算是蔬菜而非水果。我還記得剛來台灣時，請了一些朋友來家裡用餐。他們很客氣地帶了一些聖女蕃茄來。我大吃一驚，因為在我的認知裡，蕃茄就是蔬菜。請你們想像一下，若有客人帶高麗菜給你們，你們會有什麼感覺呢？那時我心裡想，他們想要傳達給我什麼訊息？想要我做什麼？後來我把蕃茄切片，放入黑橄欖和切丁的莫扎瑞拉起司，淋上橄欖油及灑上鹽巴與黑胡椒粉，便上菜。這時輪到他們感到疑惑！他們應該心想，我們的蕃茄發生什麼事了？

所以我想給你們個小建議：去義大利人家做客時，最好帶葡萄酒、蛋糕、冰淇淋或花比較恰當，畢竟要入境隨俗嘛……。

PASSO 05

PASSO 06

❺ Tagliare il salmone privato di lische e squame in strisce spesse 1 cm e lunghe 3 cm. In una padella soffriggere a fuoco dolce l'aglio tritato fino a dorarlo, aggiungere quindi il salmone. Saltare a fiamma alta solo alcuni secondi per evitare che il salmone diventi duro, e sfumare con vino bianco. Aggiustare di sale e pepe.

❻ Scolare la pasta e metterla nella padella con il salmone, ricordandosi di mettere da parte dell'acqua di cottura. Mescolare quindi il pesto di zucchine con i fusilli, aggiungendo dell'acqua di cottura in caso risultasse troppo asciutta, mescolare e impiattare.

❺ 把鮭魚去骨去皮，切成 1 公分厚 3 公分長的切片。在平底鍋放入 2 大匙的橄欖油，再以小火低溫炒蒜頭，當蒜頭變成金黃色後，放入切片的鮭魚。將火稍微調大並快速攪拌，鮭魚一變色後倒入白葡萄酒使酒蒸發。炒幾分鐘就好，以免鮭魚變太硬。關火後灑上黑胡椒粉及鹽巴。

❻ 把螺絲麵瀝乾，再放進平底鍋裡與鮭魚攪拌。要記得保留一點煮麵水。放入櫛瓜青醬與螺絲麵攪拌均勻，太乾的話可以加一點煮麵水。

主廚的堅持

「義大利麵」並不等於「spaghetti」

在很多台灣人的認知中，可能「義大利麵」等於「spaghetti」，但是這個觀念是錯的！「義大利麵」其實是等於「pasta」，「spaghetti」只是「pasta」的其中一種，而「spaghetti」的正確翻譯應該是「義大利直麵條」。「pasta」是一個大範疇，其中還有三個小範疇：

一、「pasta fresca」（新鮮麵），如 gnocchi、cavatelli、trofie、tagliolini 等，有效期比較短，通常超級市場會將它儲存在冷藏裡。

二、「pasta dura」（乾燥麵），如 linguine、fusilli、penne、farfalle 等。

三、「pasta ripiena」（包餡麵），如 ravioli、tortellini、tortelloni、agnolotti 等，有效期比較短，通常超級市場會將它儲存在冷藏裡。

「pasta fresca」與「pasta dura」裡又有兩個範疇，即「corta」（短麵）與「lunga」（長麵）。例如，「pasta dura corta」包含「fusilli」（螺絲麵）和「farfalle」（蝴蝶麵）等短形狀的麵，「pasta dura lunga」包含「spaghetti」（直麵條）與「linguine」（扁麵）等長形狀的麵。

▶MP3-27

生詞表

1	**Fusillo (m)**	名 螺絲麵
2	**Zucchino (m)**	名 櫛瓜
3	**Salmone (m)**	名 鮭魚
4	**Mandorla (f)**	名 杏仁
5	**Noce (f)**	名 核桃
6	**Ridurre in strisce**	動 磨成條
7	**Grattugia (f)**	名 研磨器
8	**Una goccia di**	一滴
9	**Lisca (f)**	名 魚骨
10	**Squama (f)**	名 魚皮
11	**Diventare**	動 變成
12	**Duro**	形 硬的
	Morbido	形 軟的
13	**A fiamma alta**	大火

來喝一杯葡萄酒 ▶ ▶

酒名： **雅內絲白酒** Piazzo, Roero Arneis DOCG
品種： **Arneis**
特色： 有 Nebbiolo Bianco 美名的 Arneis，因栽種過程讓農夫傷
　　　透腦筋，所以有「小淘氣」的暱稱。此品種來自義大利
　　　西北部 Piemonte，酒呈亮黃色澤，有濃郁的果香和鼠尾
　　　草、臻果、杏仁等香氣，酒體均衡圓潤，建議搭配魚類
　　　料理、青醬義大利麵。

1. 請將以下單字倒寫成正確單字並寫出中文意思。

ICON

ENIHCCUZ

ENOMLAS

ELRODNAM

ATNEM

2. 請將以下單字依照語義分類。

ZUCCHINE   CUCCHIAIO

GRATTUGIA   VONGOLE

GAMBERI   SALMONE

PENTOLA   MIXER

食材	工具

3. 請將以下所列出來的單字分別填入句子中。

LISCHE E SQUAME   **AGGIUSTARE**

GRATTUGIA

(1) Ridurre le zucchine in strisce con una _____ .

(2) Tagliare il salmone privato di _____ in strisce.

(3) _____ di sale e pepe.

Linguine al tonno in rosso
鮪魚聖女蕃茄義大利扁麵

Ingredienti (per 4)

Tonno in scatola	200g	Pepe	q.b.
Pomodorini	300g	Capperi	q.b.
Olio	2 cucchiai	Olive nere	40g
Aglio	2 spicchi	Prezzemolo	q.b.
Sale	q.b.	Linguine	320g

食材（4 人份）

鮪魚罐頭	200g	黑胡椒	適量
聖女蕃茄	300g	酸豆	適量
橄欖油	2 大匙	黑橄欖	40g
蒜頭	2 瓣	巴西利	適量
鹽巴	適量	扁麵	320g

PROCEDIMENTO
作法步驟

PASSO 01

PASSO 02

PASSO 03

① Incidere una croce alla base del pomodorino, scottare prima in acqua bollente, poi riporre in acqua gelata, e dopo pelare.

② Cuocere le linguine in abbondante acqua salata.

③ Soffriggere l'aglio tritato fino a dorarlo, aggiungere quindi il tonno, i pomodorini, le olive nere e i capperi tritati, e mescolare; continuare a cuocere per cinque minuti.

④ Condire con sale e pepe.

⑤ Mescolare le linguine al sughetto ottenuto, spolverare con prezzemolo tritato e impiattare.

主廚的堅持
巴西利還是羅勒？

巴西利和羅勒都是義大利料理常用的香草，都是綠色的，也都常用來裝盤。雖然它們倆有許多共同點，不過味道完全不同，而用法也不一樣！那麼何時要用羅勒，何時又要用巴西利呢？我想提供一個原則給大家：巴西利搭配海鮮和菇類的菜色，其他料理基本上都用羅勒。

此外，巴西利有兩個品種：「義大利香草」和「荷蘭香草」。「義大利香草」這個品種的葉子是扁的，味道比較濃；「荷蘭香草」的葉子是捲曲的，通常用來裝盤。料理時，若想要使味道大增，我會建議用「義大利香草」。

PASSO
04

PASSO
05

❶ 在蕃茄的底部劃個十字，以滾水穿燙 1 分鐘後放進冰水，然後去皮。

❷ 將扁麵放入鹽水煮熟。

❸ 將蒜頭切碎，用橄欖油以小火炒，等到蒜頭變成金黃色後再加入鮪魚、聖女蕃茄、黑橄欖和切碎的酸豆，然後攪拌，並且再炒 5 分鐘。

❹ 灑上鹽巴與黑胡椒粉調味。

❺ 把煮熟的扁麵與醬汁一起攪拌，再撒上切碎的巴西利，便可盛盤。

主廚的堅持

何謂「al dente」？

煮義大利麵，另一個要控制的因素是時間。首先要注意，等水大滾了之後才能下麵。一些國外的廚師常會在水未滾時就下麵，但這並不是正確的方法，因為會破壞口感。當水大滾而下麵後，要計時 10 分鐘，等時間到了就開始嚐嚐口感和鹹味，若還不熟就繼續煮，不夠鹹就要再加鹽巴直到鹹味夠為止。不管你們買什麼牌子的義大利麵，包裝上都會指出要煮的時間長度，例如 cottura：10 minuti（煮熟：10 分鐘）、cottura：12 minuti（煮熟：12 分鐘）等。雖然如此，我仍然建議一到 10 分鐘就要開始試吃，就算包裝說 11 或 12 分鐘，還是要這樣做，因為麵煮熟的時間與水量、溫度、爐子、鍋子等因素有關，因此煮麵的速度有可能會比包裝上所建議的時間慢或快。有些牌子的包裝除了有「cottura」之外，也會標出「al dente：10 minuti」（彈牙：10 分鐘）、「al dente：12 minuti」（彈牙：12 分鐘）等。簡單來說，若你們喜歡像義大利人一樣吃硬一點的麵，就要設定那個時間。

請注意「gnocchi」（麵疙瘩）、「ravioli」（義大利水餃）等新鮮的麵不需要煮那麼久，當它們浮上來就可以關火了。

麵煮好了之後，要用「scolapasta」（麵條瀝乾器）把麵瀝乾。請你們用瀝乾器而非筷子或撈網，因為這是最安全的方法，一方面不會被燙到，另一方面也不會不小心漏掉一些麵未拿。瀝乾之後，要馬上與醬汁攪拌盛盤，絕對不可等一段時間後再放入醬汁裡，若是如此，它們會黏住，除非先加了一點橄欖油。

▶MP3-**30**

生詞表

1	**Linguina (f)**	名	扁麵
2	**Tonno (m)**	名	鮪魚
3	**In scatola**		罐頭的
4	**Cappero (m)**	名	酸豆
5	**Oliva nera (f)**	名	黑橄欖
	Oliva (f)	名	橄欖
6	**Incidere una croce**	動	劃十字
7	**Scottare**	動	燙
8	**Acqua bollente (f)**		熱水
	Acqua gelata (f)		冰水
9	**Pelare**	動	削皮、剝皮
10	**Sughetto (m)**	名	醬汁

來喝一杯葡萄酒 ▶ ▶

酒名：**特技員紅酒** L'Equilibrista, Grignolino d'Asti DOC
品種：Grignolino
特色：來自義大利西北 Piemonte 的 Grignolino，當地方言意指
「許多葡萄籽」，國際品酒家稱之為「義大利薄酒萊」，
但其酒體比法國一般的薄酒萊新酒還要厚實一點。雖然
海鮮搭配白酒是「安全牌」，但這道料理因為有蕃茄醬
汁，不妨嘗試用這款清淡型的紅酒來搭配，會有意想不
到的「火花」出現喔！

詞彙練習

1. 連連看，請選出最正確的組合。

| OLIVE NERE | POMODORINI | AGLIO | CAPPERI |

2. 請將以下單字依照語義分類。

SEDANO　　　　　　　　ZUCCHINE
CIPOLLA　　　　　　　　TONNO
COZZE　　　　　　　　　SALMONE
GAMBERI　　　　　　　　CAROTA
PEPERONI　　　　　　　　VONGOLE

海鮮類	蔬菜類

3. 詞彙聯想：請寫出您所知道的義大利麵麵形。

PASTA

燉飯
篇/

RISOTTO

MENU
11

Risotto di zucca al rosmarino
迷迭香南瓜燉飯

Ingredienti (per 4)

Brodo vegetale	660ml		Zucca	280g
Carnaroli	320g		Vino bianco	100ml
Cipolla	1		Burro	40g
Sale	q.b.		Rosmarino	4 rametti
Parmigiano	100g			

食材（4 人份）

蔬菜高湯	660ml		南瓜	280g
Carnaroli 米（C 米）	320g		白葡萄酒	100ml
洋蔥	1 顆		奶油	40g
鹽巴	適量		迷迭香	4 根
帕馬森起司	100g			

PASSO
01

❶ Tagliare la zucca a cubetti di un centimentro e tritare la cipolla.

❷ In una pentola a pressione sciogliere il burro e soffriggere a fuoco dolce la cipolla tritata per 10 minuti circa fino a renderla trasparente; aggiungere quindi la zucca.

PASSO
02

❸ Una volta che la zucca sarà appassita, aggiungere il riso e il rosmarino, tostare per due minuti e sfumare con vino. Aggiungere quindi il brodo vegetale, e chiudere la pentola in modalità 2. Cuocere a fiamma bassa per 5 minuti dal momento in cui la pentola sarà arrivata a pressione. Quindi, spegnere il fuoco, decompressare, e solo allora aprire la pentola.

PASSO
03

❹ Condire con sale, spolverare con formaggio, riposare per un minuto e poi impiattare.

主廚的堅持

準備蔬菜高湯
做燉飯的基本步驟：

除了運用蛤蜊高湯的海鮮類燉飯之外，其他口味的燉飯都會用到蔬菜高湯，所以燉飯必不可少的食材就是蔬菜高湯。絕對不可使用雞湯塊或類似蔬菜湯塊的加工食品，因為超級不健康！因此我想教你們怎麼做又天然又健康的蔬菜高湯。

蔬菜高湯的食材是 1 顆馬鈴薯、2 顆牛蕃茄、1 根紅蘿蔔、1 顆洋蔥和 2 根西洋芹菜。

首先把切塊的洋蔥、馬鈴薯、芹菜、紅蘿蔔、牛蕃茄一同放在 1 公升多的水裡，接著放入 15g 的鹽巴和 3 湯匙的橄欖油，然後攪拌，以小火煮 40 分鐘，最後瀝湯。

若想節省時間和瓦斯，建議使用壓力鍋。當壓力上來了，就能調成小火，計時 3 分鐘，之後關火，等泄壓完再打開以及瀝湯。

❶ 把南瓜切成 1 公分厚的丁塊，將洋蔥切碎。

❷ 在壓力鍋裡放入奶油，等奶油融化了再放入切碎的洋蔥，用小火炒 10 分鐘，炒到透明了為止，然後再加入南瓜。

❸ 等南瓜軟了再放入 C 米，拌炒 2 分鐘後調到大火並放入迷迭香以及倒入半杯白葡萄酒。等酒蒸發後再倒入蔬菜高湯，然後蓋上鍋蓋，設定 2。等壓力上來了，就調成小火，煮 5 分鐘後關火，等泄壓完再打開。

❹ 以鹽巴調味，並撒上起司粉，燜 1 分鐘才盛盤。

主廚的堅持
為何做燉飯 我喜歡使用壓力鍋？

做燉飯的傳統方法是用平底鍋以橄欖油或奶油低溫炒切碎的洋蔥，當洋蔥變透明後再放入米，拌炒 2 分鐘後調到大火並倒入半杯白葡萄酒。當酒蒸發後再倒入蔬菜高湯（高湯必須蓋過食材）。等蔬菜湯快收乾時，再徐徐倒入適量的蔬菜高湯，重複動作至煮熟為止（大概需要 20 分鐘的時間）。但是為了減少時間和節省瓦斯，我喜歡用壓力鍋，這樣只要 5 分鐘內，米很快就熟了！而且人不需要一直待在鍋子旁注意米的熟度和高湯的量。再說，壓力鍋也能把香味都保留住，如此作法的燉飯吃起來會更香！

▶MP3-**33**

生詞表

1	**Risotto (m)**	名	燉飯
2	**Zucca (f)**	名	南瓜
3	**Rosmarino (m)**	名	迷迭香
4	**Brodo vegetale (m)**	名	蔬菜高湯
5	**Carnaroli (m)**	名	C 米
6	**Burro (m)**	名	奶油
7	**Pentola a pressione (f)**	名	壓力鍋
8	**Sciogliere**	動	融化
9	**Appassire**	動	煮軟
10	**Riso (m)**	名	米
11	**Tostare**	動	炒
12	**Decompressare**	動	泄壓
13	**Aprire**	動	打開
14	**Riposare**	動	燜

來喝一杯葡萄酒 ▶ ▶

酒名：**可可喬拉白酒** Spiria, Terre di Chieti IGP
品種：Cococciola
特色：Cococciola 是個罕見的品種，其發音非常可愛！來自義大利中南交接的 Abruzzo，在當地量產非常少，但卻不失其在白酒上的重要地位。此酒散發新鮮檸檬、杏桃、蘋果與淡淡的草本與礦物的香氣，口感上可以感受到漂亮的酸度，搭配有草本風味的迷迭香與香甜的南瓜，讓味蕾在田園上野餐吧！

詞彙練習

1. 連連看，請選出最正確的組合。

NOCE MOSCATA　　**ZUCCA**　　**ROSMARINO**　　**CIPOLLA**

2. 請將以下單字依照詞性分類。

RISOTTO　　　　　　　CHIUDERE
PARMIGIANO　　　　　RISO
APRIRE　　　　　　　　APPASSIRE
TOSTARE　　　　　　　DECOMPRESSARE
OLIO　　　　　　　　　BURRO

動詞	名詞

3. 請將以下所列出來的單字分別填入句子中。

TAGLIARE　　　　　**PENTOLA A PRESSIONE**
A CUBETTI　　　　　**A FUOCO DOLCE**

(1) In una _____ sciogliere il burro.

(2) Soffrigere _____ la cipolla.

(3) _____ la zucca _____ di un centimentro.

Risotto agli spinaci
菠菜燉飯

Ingredienti (per 4)

Spinaci	600g		Brodo vegetale	660ml
Aglio	2 spicchi		Vino bianco	100ml
Olio	2 cucchiai		Sale	q.b.
Cipolla	1/2		Pepe	q.b.
Carnaroli	320g		Parmigiano	100g
Burro	40g			

食材（4 人份）

菠菜	600g		蔬菜高湯	660ml
蒜頭	2 瓣		白葡萄酒	100ml
橄欖油	2 大匙		鹽巴	適量
洋蔥	半顆		黑胡椒	適量
Carnaroli 米（C 米）	320g		帕馬森起司	100g
奶油	40g			

PROCEDIMENTO
作法步驟

PASSO
01

❶ Iniziare lavando gli spinaci. Poi in una padella soffriggere due spicchi di aglio fino a dorarli. Aggiungere quindi gli spinaci e spolverare di sale. Quando la cottura sarà completa, scolare e tagliarli finemente.

❷ In una pentola a pressione sciogliere il burro e soffriggere a fuoco dolce la cipolla tritata per 10 minuti circa fino a renderla trasparente. Aggiungere quindi il riso, tostarlo per due minuti e sfumare con vino. Aggiungere quindi il brodo, e chiudere la pentola in modalità 2. Cuocere a fiamma bassa per 5 minuti dal momento in cui la pentola sarà arrivata a pressione. Quindi, spegnere il fuoco, decompressare, e solo allora aprire la pentola.

❸ Unire gli spinaci e amalgamare, spolverare quindi con sale e pepe.

❹ Infine, spolverare con parmigiano, mescolare, lasciar riposare un minuto e poi impiattare.

主廚的堅持

最好用哪種米呢？
要做燉飯

義大利米的品種有 Carnaroli、Arborio、Vialone Nano、Basmati、Baldo 等。但是要做燉飯，義大利人用的品種是 Carnaroli（在本書簡稱 C 米）。

可以用其他品種的米做燉飯嗎？其實我試過用台米，但是口感完全不一樣！若你們試著做的話，就會發現煮了之後，燉飯會變成粥。而使用 C 米，結果就完全不同了，過了半個小時後仍能看出完整的米粒。

此外，我也試過泰米，因為口感比較接近 Carnaroli，但是它的香味濃到會蓋住燉飯其他食材的味道。

❶ 首先把菠菜洗乾淨，然後將 2 大匙橄欖油倒入平底鍋裡，再以小火炒 2 瓣蒜頭。等蒜頭變皺、變金黃色時，再放進菠菜及灑上鹽巴，炒到熟為止。最後瀝乾、切碎。

❷ 在壓力鍋裡放入奶油，等奶油融化了再放進切碎的洋蔥，用小火炒 10 分鐘，炒到透明為止，然後放入米拌炒 2 分鐘後，調到大火並倒入半杯白葡萄酒。等酒蒸發再加入高湯，然後蓋上鍋蓋，設定 2。等到壓力上來了，調成小火，煮 5 分鐘後關火，等洩壓完再打開。

❸ 放進切碎的菠菜並攪拌均勻，然後撒黑胡椒粉和鹽巴調味。

❹ 最後撒上帕馬森起司粉，攪拌均勻，燜 1 分鐘後再盛盤。

PASSO 02
PASSO 03
PASSO 04

主廚的堅持 做燉飯之關鍵步驟

原則上，做美味燉飯要注意以下三個步驟：一、準備高湯（preparazione del brodo），二、拌炒（tostatura），三、乳化（mantecatura）。第一點，請參考上一章的說明。第二個步驟意味著放入米之後，要拌炒 2 分鐘，當米的香氣出來後就可以倒入白酒。第三個步驟指的是當米熟了，就要加入起司或奶油讓燉飯變成乳脂狀。但相對於加奶油，我反而喜歡多加一點起司粉，不過可以依照個人口味來做決定。

▶MP3-**36**

生詞表	

1 **Spinacio (m)** 　名 菠菜
2 **Iniziare** 　動 開始

補充詞彙	Formaggio	起司
	Parmigiano	帕馬森起司
	Grana Padano	帕達諾乾酪
	Pecorino	羊乾酪
	Mozzarella	莫扎瑞拉起司
	Mozzarella di bufala	水牛球
	Mascarpone	馬斯卡邦乳酪
	Scamorza / Provola	斯卡莫扎起司
	Ricotta	瑞可達乳酪
	Gorgonzola	鞏根佐拉藍紋乳酪
	Burrata	布拉塔起司
	Robiola	盧比歐拉乳酪
	Tomino	托米諾乳酪

來喝一杯葡萄酒 ▶ ▶

酒名： **藍色珍珠** Blue Pearl, Prosecco DOC, Extra Dry
品種： Glera
特色： 義大利名聲響亮的氣泡酒，非 Prosecco 莫屬！這款來
自義大利東北部 Veneto 的不甜氣泡酒，在酒莊的用心
下，除了設計亮眼的藍色酒瓶，葡萄更選自 Dolomiti 和
Venezia 之間的山谷葡萄園。因菠菜是富有單寧的蔬菜，
用綿密的氣泡可以平衡單寧在口中產生的澀感。此外，
Prosecco 亦是歡慶、迎賓的最佳酒款喔！

1. 請將以下單字倒寫成正確單字並寫出中文意思。

ICANIPS

ORRUB

OTTOSIR

ILORANRAC

2. 請將以下所列出來的單字分別填入句子中。

SOFFRIGGERE   **SPOLVERARE**

A FUOCO DOLCE   **AMALGAMARE**

(1) _____ due spicchi di aglio fino a dorarli.

(2) Unire gli spinaci e _____ ,

_____ quindi con sale e pepe.

(3) Soffrigere _____ la cipolla tritata per 10 minuti.

3. 詞彙聯想：請找出與燉飯相關的動詞。

TOSTARE   **MANTECARE**

RIPOSARE   **DECOMPRESSARE**

SCOLARE

RISOTTO

松露醬牛肝菌燉飯

Ingredienti (per 4)

Brodo vegetale	660ml		Cipolla	1/2
Salsa tartufata	40g		Aglio	1 spicchio
Funghi porcini (secchi)	60g		Sale	q.b.
Carnaroli	320g		Pepe	q.b.
Burro	40g		Prezzemolo	q.b.
Olio	2 cucchiai		Parmigiano	50g

食材（4 人份）

蔬菜高湯	660ml		洋蔥	半顆
松露蘑菇醬	40g		蒜頭	1 瓣
牛肝菌（乾燥的）	60g		鹽巴	適量
Carnaroli 米（C 米）	320g		黑胡椒	適量
奶油	40g		巴西利	適量
橄欖油	2 大匙		帕馬森起司	50g

▶MP3-**38**

PASSO 01　PASSO 02　PASSO 03

❶ Prima di tutto mettere a mollo in acqua i porcini secchi per un'ora. Trascorsa l'ora, scolare mettendo da parte l'acqua.

❷ In una pentola antiaderente soffriggere uno spicchio di aglio fino a dorarlo. Aggiungere quindi i funghi e cuocerli fino a completarne la cottura. Togliere quindi l'aglio, spolverare con prezzemolo tritato, sale e pepe.

❸ In una pentola a pressione sciogliere il burro e soffriggere a fuoco dolce la cipolla tritata per 10 minuti circa fino a renderla trasparente. Aggiungere quindi il riso, tostarlo per due minuti e sfumare con vino. Aggiungere poi il brodo, e chiudere la pentola in modalità 2. Cuocere a fiamma bassa per 5 minuti dal momento in cui la pentola sarà arrivata a pressione. Quindi, spegnere il fuoco, decompressare, e solo allora aprire la pentola.

❹ Aggiungere poi i funghi porcini, spolverare con sale, pepe e parmigiano, amalgamare e lasciar riposare un minuto, impiattare.

❺ Decorare il piatto con del prezzemolo tritato e spalmando un pò di salsa tartufata.

主廚的堅持　松露獵人

松露獵人的義文叫做 trifolau，是專門尋找松露的專家，這個行業又神祕又是一門學問。為何説「神祕」呢？也許你們都知道，通常 trifolau 是在半夜 2、3 點工作到早上 8 點。原因何在呢？就是因為他必須小心隱藏自己發掘的松露產地。若是在白天工作，可能會被別人看見他在哪裡找到松露，隔年就會有人提早把松露採走。因此 trifolau 找到松露後，會把地點和其他資訊仔細地寫下來，之後的每年再去同樣的地方挖松露。

PASSO
04

❶ 先將乾燥的牛肝菌浸泡於水中 1 個小時，之後瀝乾，把水保留下來。

❷ 在不沾鍋裡，用中火以橄欖油炒蒜頭，等蒜頭變皺、變金黃色時，再放進牛肝菌，炒到熟即可。最後把蒜頭拿出來，灑上切碎的巴西利、鹽巴和黑胡椒粉調味。

❸ 在壓力鍋裡放入奶油，當奶油融化後放入切碎的洋蔥，以小火炒 10 分鐘，炒到透明為止。接下來放入米，拌炒 2 分鐘後倒入剛才泡過牛肝菌的水（若水不夠，可以倒入先前預備的高湯），然後蓋上鍋蓋，設定 2。等到壓力上來後，調成小火煮 5 分鐘，時間一到就關火，等泄壓完再打開。

❹ 放入牛肝菌，灑上鹽巴、黑胡椒粉和帕馬森起司粉，攪拌均勻，燜 1 分鐘後盛盤。

❺ 裝盤時淋上足夠量的松露蘑菇醬，灑上適量的巴西利。

主廚的堅持
牛肝菌

牛肝菌是野生的菌類植物，世界品質最好的牛肝菌來自義大利和法國。而在台灣買到的是進口乾燥或冷凍的牛肝菌，價錢當然不便宜，所以常有人問「可以用台灣的香菇代替嗎？」當然可以！不過坦白地說，牛肝菌與台灣香菇的香味差很多。使用牛肝菌的燉飯顏色會比較深，味道也較濃烈；相反地，運用香菇的燉飯味道和顏色都會淡一些。

▶MP3-39

生詞表

1	**Fungo porcino (m)**	名 牛肝菌
2	**Secco**	形 乾燥的
3	**Spalmare**	動 塗
4	**Un pò**	一點

補充詞彙	Numeri		數字	
	1-19		**20-90**	
	Uno	1	Venti	20
	Due	2	Trenta	30
	Tre	3	Quaranta	40
	Quattro	4	Cinquanta	50
	Cinque	5	Sessanta	60
	Sei	6	Settanta	70
	Sette	7	Ottanta	80
	Otto	8	Novanta	90
	Nove	9	**100-1000**	
	Dieci	10	Cento	100
	Undici	11	Duecento	200
	Dodici	12	Trecento	300
	Tredici	13	Quattrocento	400
	Quattordici	14	Cinquecento	500
	Quindici	15	Seicento	600
	Sedici	16	Settecento	700
	Diciassette	17	Ottocento	800
	Diciotto	18	Novecento	900
	Diciannove	19	Mille	1000

來喝一杯葡萄酒 ▶

酒名：**芙拉汀紅酒** Fratin, Barbaresco DOCG
品種：Nebbiolo
特色：來自義大利西北部 Piemonte 的 Barbaresco 紅酒，以媲美 Pinot Nero 的 Nebbiolo 釀造。Fratin 是酒莊的頂級葡萄園，此酒有深邃紅寶石色澤，香氣馥郁，有野草莓、熟櫻桃、玫瑰、香料、蔬菜、草本等氣味，酒體紮實，搭配細緻的松露醬、牛肝菌的料理，讓味蕾充滿優雅的享受。

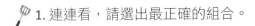

詞彙練習

1. 連連看，請選出最正確的組合。

1. TOSTARE	A. PARMIGIANO
2. SCIOGLIERE	B. BURRO
3. APRIRE	C. COPERCHIO
4. SPOLVERARE	D. RISO

2. 請將以下單字依照詞性分類。

FUNGHI PORCINI　　　　SCIOGLIERE
SPINACI　　　　　　　　BURRO
SOFFRIGGERE　　　　　TOSTARE
RISO　　　　　　　　　　TAGLIARE

動詞	名詞

3. 請從下表中圈出隱藏詞彙。

POMODORO　　　PENTOLA　　　TARTUFO
OLIVE　　　　　　LIMONE　　　　LINGUINE
UOVO　　　　　　SPINACI　　　　AGGIUNGERE
RISOTTO　　　　　VINO

P	O	M	O	D	O	R	O	V	P
E	L	I	M	O	N	E	B	I	O
N	I	S	U	O	V	O	L	N	V
T	V	A	S	P	I	N	A	C	I
O	E	R	I	S	O	T	T	O	N
L	I	N	G	U	I	N	E	R	O
A	G	G	I	U	N	G	E	R	E
R	O	S	O	F	U	T	R	A	T

Ingredienti (per 4)

Cozze	500g	Carnaroli	320g
Gamberi	350g	Olio	4 cucchiai
Calamari	400g	Cipolla	1
Vongole	1kg	Peperoncino	1
Brodo di vongole	660ml	Pepe	q.b.
Prezzemolo	q.b.	Sale	q.b.
Aglio	4 spicchi	Carota	1
Vino bianco	200ml	Sedano	2 gambi

食材（4 人份）

淡菜	500g	Carnaroli 米（C 米）	320g
蝦子	350g	橄欖油	4 大匙
透抽	400g	洋蔥	1 顆
蛤蜊	1kg	小辣椒	1 條
蛤蜊湯	660ml	黑胡椒	適量
巴西利	適量	鹽巴	適量
蒜頭	4 瓣	紅蘿蔔	1 根
白酒	200ml	西洋芹菜	2 根

跟著義大利主廚學義大利語

PASSO
01

PASSO
02

PASSO
03

PASSO
04

PASSO
05

燉飯還是拌飯？
主廚的堅持

到底什麼是燉飯？燉飯與炒飯或燴飯的差別在哪裡？我會提出這些問題是因為在台灣的義式餐廳中，常見的不是燉飯而是拌飯。雖然大部分的台灣廚師都很專業，他們的拌飯也確實好吃，但不該隨便稱呼它為「燉飯」。我覺得這是定義而非概念上的問題，所以為了避免誤解，我想要試著定義「燉飯」與「拌飯」這兩個詞語。「燉飯」的「燉」指出做「燉飯」時，飯需要慢慢燉；「拌飯」則指把煮好的飯與醬和配料一起攪拌。因此這兩個的作法完全不同！而且我們很容易可以看出這兩種飯的價格不一樣，因為「燉飯」很耗費時間。

① Pulire i calamari: separare la testa dal corpo, privarli della cartilagine e della pelle. Tagliarli in anelli di un centimetro.

② Mettere le vongole a mollo in acqua salata per un'ora per spurgarle. Cuocerle in padella fino a farle dischiudere, poi scolare e privarle del guscio. Mettere da parte il brodo di vongole, e conservarne alcune con il guscio.

③ Mettere in pentola le cozze con due spicchi di aglio e due rametti di prezzemolo. Aggiungere acqua fino a coprire e cuocere. Quindi scolare, mettere da parte il brodo, privare le cozze del guscio conservandone alcune con il guscio per poi decorare.

④ Pulire i gamberi privandoli della testa e della corazza, e sciacquando abbondantemente.

⑤ Con il mixer tritare il sedano insieme alla carota. Soffriggere il peperoncino privato dei semi insieme a due spicchi di aglio fino a dorarli, aggiungere quindi il battuto di sedano e carota.

① 把透抽洗乾淨，然後將身體和腳切開，去除軟骨並脫皮，最後把身體切成各 1 公分寬的透抽卷。

② 將蛤蜊泡鹽水 1 個小時，其目的是排除沙子，接著在鍋子裡把蛤蜊煮開，再瀝湯及去殼取肉。保留一些帶殼的蛤蜊用來最後裝盤，以及把蛤蜊湯保留下來。

③ 在鍋子裡放進退冰好的淡菜、2 瓣蒜頭和巴西利。倒入水後蓋上鍋蓋，煮到熟為止，然後再瀝湯。

④ 把蝦子去頭、剝殼及洗乾淨。

⑤ 把芹菜與紅蘿蔔一同打成泥。以 2 大匙橄欖油把去頭去籽的小辣椒和 2 瓣蒜頭以中火炒到變皺、變成金黃色為止，再加入用紅蘿蔔和芹菜做的蔬菜泥。

PASSO
06

PASSO
07

PASSO
08

❻ Quando il battuto si sarà asciugato, aggiungere i calamari e sfumare con 100 ml di vino bianco. Aggiungere quindi i gamberi senza però cuocerli troppo. Togliere l'aglio e il peperoncino, condire con sale, pepe e prezzemolo tritato.

❼ In una pentola a pressione soffriggere a fuoco dolce la cipolla tritata per 10 minuti circa fino a renderla trasparente. Aggiungere quindi il riso, tostarlo per due minuti e sfumare con 100 ml di vino. Aggiungere quindi il brodo, e chiudere la pentola in modalità 2. Cuocere a fiamma bassa per 5 minuti dal momento in cui la pentola sarà arrivata a pressione. Quindi, spegnere il fuoco, decompressare, e solo allora aprire la pentola.

❽ Aggiungere quindi le vongole, le cozze e gli altri frutti di mare. Spolverare con sale, pepe e prezzemolo tritato, amalgamare e lasciar riposare un minuto, quindi impiattare.

❻ 蔬菜泥炒到乾了之後，放進透抽卷。接下來調到大火並倒入 100ml 白葡萄酒，等酒蒸發了再加入蝦子。請注意不要把蝦子和透抽卷煮得太老！而且要記得把蒜頭與小辣椒挑出來，最後撒上黑胡椒粉、鹽巴及切碎的巴西利調味。

❼ 用 2 大匙橄欖油在壓力鍋裡以小火低溫炒洋蔥。等洋蔥變透明了再放進 C 米，拌炒 2 分鐘後調到大火並倒入 100ml 白葡萄酒，等酒蒸發後再倒入蛤蜊湯（若蛤蜊湯不夠，倒入足夠的海鮮高湯），然後蓋上鍋蓋，設定 2。等到壓力上來了就調成小火，5 分鐘後關火，等泄壓完再打開。

❽ 放入蛤蜊、淡菜和其他海鮮，然後撒上黑胡椒粉、鹽巴及切碎的巴西利，攪拌均勻，燜 1 分鐘後盛盤。

海鮮高湯
主廚的堅持

海鮮高湯或「fumetto」（義）的食材是 1 根紅蘿蔔、1 顆洋蔥、2 根西洋芹菜、1 瓣蒜頭、5 根巴西利與蝦子的殼和頭。

在壓力鍋裡用橄欖油以中火把切塊的紅蘿蔔、洋蔥、西洋芹菜與蒜頭炒 2 分鐘，然後再放入蝦子的殼和頭炒 2 分鐘。接下來，倒入 1 公升的水以及 15g 的鹽巴，接著放進巴西利攪拌，然後蓋上鍋蓋。等壓力上來了就調成小火，計時 3 分鐘，過後關火，等泄壓完再打開以及瀝湯。

▶MP3-**42**

<table>
<tr><td colspan="2" align="center">生詞表</td></tr>
</table>

1   Peperoncino (m)   名 小辣椒

<table>
<tr><td rowspan="22">補充詞彙</td><td>**Frutti di mare (m)**</td><td>**海鮮**</td></tr>
<tr><td>Gamberetto (m)</td><td>蝦仁</td></tr>
<tr><td>Granchio (m)</td><td>螃蟹</td></tr>
<tr><td>Aragosta (f)</td><td>龍蝦</td></tr>
<tr><td>Polpo (m)</td><td>章魚</td></tr>
<tr><td>Ostrica (f)</td><td>生蠔、牡蠣</td></tr>
<tr><td>**Pesce (m)**</td><td>**魚**</td></tr>
<tr><td>Merluzzo (m)</td><td>鱈魚</td></tr>
<tr><td>Sardina (f)</td><td>沙丁魚</td></tr>
<tr><td>Branzino (m)</td><td>鱸魚</td></tr>
<tr><td>Sogliola (f)</td><td>比目魚</td></tr>
<tr><td>Alice (f)</td><td>鯷魚</td></tr>
<tr><td>Spigola (f)</td><td>鱸魚</td></tr>
<tr><td>Orata (f)</td><td>鯛魚</td></tr>
<tr><td>Pesce spada (m)</td><td>旗魚</td></tr>
<tr><td>Dentice (m)</td><td>紅魚</td></tr>
<tr><td>**Carne (f)**</td><td>**肉**</td></tr>
<tr><td>Vitello (m)</td><td>小牛肉</td></tr>
<tr><td>Coniglio (m)</td><td>兔肉</td></tr>
<tr><td>Oca (f)</td><td>鵝肉</td></tr>
<tr><td>Tacchino (m)</td><td>火雞肉</td></tr>
<tr><td>Anatra (f)</td><td>鴨肉</td></tr>
<tr><td>Cavallo (m)</td><td>馬肉</td></tr>
</table>

來喝一杯葡萄酒 ▶ ▶ ◀ ◀

酒名：**菲帝丘白酒** Verdicchio, Castelli dei Jesi DOC, Classico
品種：Verdicchio
特色：Verdicchio 是義大利中部 Le Marche 的古老品種，而經典且
　　　傳統產區就是 Castelli dei Jesi。這款留傳下的「金色寶物」，
　　　有紅蘋果、梨子、柑橘、茴香等香氣，還有礦物風味，口
　　　感平衡圓潤，當地人常拿來搭配海鮮料理。

▶ ▶ ◀ ◀

1. 請將以下單字依照語義分類。

SALE	MENTA	CAROTA
PATATA	POMODORO	CIPOLLA
SPINACI	PREZZEMOLO	
ROSMARINO	PEPE	

調味料	蔬菜

2. 連連看，請選出最正確的組合。

PEPERONCINO　　　VONGOLA　　　GAMBERO　　　SEDANO

3. 請將以下所列出來的單字分別填入句子中。

TRITARE	A MOLLO	SFUMARE
SALATA	CAROTA	

(1) Mettere le vongole _____ in acqua _____ per un'ora per spurgarle.

(2) Con il mixer _____ il sedano insieme alla _____.

(3) _____ con vino bianco.

濃湯篇／

ZUPPA

Calamari in umido con patate e pomodoro

綿密馬鈴薯透抽紅湯

Ingredienti (per 4)

Calamari	1kg		Olio	3 cucchiai
Patate	600g		Aglio	1 spicchio
Passata	400g		Sale	q.b.
Vino bianco	100ml		Prezzemolo	q.b.
Acqua	100ml		Pane	1 filoncino

食材（4 人份）

透抽	1kg		橄欖油	3 大匙
馬鈴薯	600g		蒜頭	1 瓣
蕃茄泥	400g		鹽巴	適量
白葡萄酒	100ml		巴西利	適量
水	100ml		法式棒	1 條

PASSO
01

PASSO
02

PASSO
03

❶ Pulire i calamari: separare la testa dal corpo, privarli della cartilagine e della pelle. Tagliarli in anelli di un centimentro.

❷ Pelare le patate, e tagliarle in fette di un centimetro.

❸ In una pentola a pressione soffriggere l'aglio fino a dorarlo. Aggiungere quindi i calamari e sfumare con 100 ml di vino bianco. Versare quindi la passata di pomodoro.

❶ 把透抽洗乾淨、去除軟骨、脫皮，然後把身體和腳分開，最後把身體切成各 1 公分寬的透抽卷。

❷ 將馬鈴薯削皮，並切成 1 公分厚的切片。

❸ 在壓力鍋倒入橄欖油，以小火低溫炒蒜頭炒至金黃色為止，再加入透抽卷。將火稍微調大，加入 100ml 的白葡萄酒，等酒蒸發後再調回小火，最後放進蕃茄泥。

義大利人常用的香料 關於乾燥香料以及主廚的堅持

羅勒、巴西利、迷迭香、百里香、黑胡椒、辣椒、奧勒岡葉、月桂葉和豆蔻粉等都是義大利料理常用的香料，因此如果時常做義大利料理，在你們家這些香料絕不可少！

至於羅勒、巴西利、迷迭香和百里香，強烈建議可以自己種，因為乾燥香料的味道和新鮮香料的味道完全不同！所以授課時我常常開玩笑地對學生說：「若想要破壞這道菜，就使用乾燥的香料吧！」學生聽了之後，有不少人開始培養買盆栽的習慣！

PROCEDIMENTO
作法步驟

PASSO
04

PASSO
05

PASSO
06

④ Unire le patate, versare 100 ml d'acqua, condire con sale e mescolare. Chiudere la pentola in modalità 2.

⑤ Quando la pentola sarà arrivata a pressione, cuocere per 3 minuti a fiamma bassa, spegnere quindi il fuoco e decompressare.

⑥ Mescolare un'altra volta e impiattare. Completare con del prezzemolo tritato e delle fette di pane abbrustolito.

④ 放進馬鈴薯並倒入 100ml 的水，用鹽巴調味，再予以攪拌，然後蓋上鍋蓋設定 2。

⑤ 等到壓力上來了，調成小火，3 分鐘後關火，等泄壓完再打開。

⑥ 最後再攪拌一次即可盛盤，撒上切碎的巴西利，搭配烤麵包片食用。

最愛：蒜頭
義大利人和台灣人的
主廚的堅持

義大利人和華人的文化之間有非常多共同點，例如這兩個民族都非常看重家庭，即父母為孩子無私地付出、男孩會崇拜自己的媽媽、重要節日時與家人一起聚餐等。而這兩個民族也都非常重視料理，也喜歡在飯局上洽談生意、家庭大事等。此外，這兩個民族的料理也有許多共同點，例如，華人喜歡水餃，義大利人也吃方形水餃；華人喜歡吃各式各樣的餅（蔥餅、抓餅等），義大利人也是（披薩、佛卡夏等）；華人烹飪時喜歡使用蒜頭，義大利人也是！說到蒜頭，我發現華人比義大利人還要愛蒜頭！地中海料理的許多菜色都加蒜頭，但是每次只有 1 或 2 瓣而已。華人則不一樣，快炒時經常用一大堆的蒜頭。而且我發現台灣的蒜頭比義大利的品種還要辣，因此若義大利文版的食譜說「2 spicchi」（2 瓣），建議你們只要用 1 瓣。

▶MP3-45

生詞表

1	**Pane (m)**	名 麵包
2	**Filoncino (m)**	名 條
3	**Abbrustolito**	形 烤的
	Abbrustolire	動 烤

補充詞彙

Frutta	水果
Mela	蘋果
Pera	梨子
Arancia	柳橙
Pompelmo	葡萄柚
Albicocca	杏子
Pesca	桃子
Prugna	李子
Nespola	枇杷
Caco	柿子
Melograno	石榴
Fragola	草莓
Ciliegia	櫻桃
Mora	黑莓
Mirtillo	藍莓
Lampone	山莓、覆盆子
Banana	香蕉
Kiwi	奇異果
Fico	無花果
Uva	葡萄
Ananas	鳳梨
Melone	哈密瓜
Anguria	西瓜

1. 請將以下單字依照詞性分類。

ABBRUSTOLIRE　　　　PATATE
MENTA　　　　　　　　AGLIO
TONNO　　　　　　　　FILONCINO
SOFFRIGGERE　　　　　TAGLIARE
UNIRE　　　　　　　　TRITARE

動詞	名詞

2. 請將以下所列出來的單字分別填入句子中。

PELARE　　　　　　　　　VERSARE
PENTOLA A PRESSIONE　　　IN FETTE
AGLIO

(1) _____ le patate,
   e tagliarle _____ di un centimetro.
(2) In una _____ soffriggere l'_____ fino a dorarlo.
(3) _____ la passata di pomodoro.

3. 請將以下單字倒寫成正確單字並寫出中文意思。

ENAP

IRAMALAC

ATASSAP

ERILOTSURBBA

Vellutata di zucca
南瓜濃湯

Ingredienti (per 4)

Cipolla	1/2	Olio	2 cucchiai
Zucca	500g	Brodo vegetale	400ml
Pecorino	100g		
Sale	q.b.		
Pepe	q.b.		

食材（4人份）

洋蔥	半顆	橄欖油	2大匙
南瓜	500g	蔬菜高湯	400ml
羊乾酪	100g		
鹽巴	適量		
黑胡椒	適量		

PROCEDIMENTO
作法步驟

PASSO
01

PASSO
02

PASSO
03

1 Tagliare la zucca a cubetti spessi un centimetro.

2 In una pentola a pressione soffriggere la cipolla tritata per 10 minuti circa fino a dorarla; aggiungere quindi la zucca e cuocere per 2 minuti.

3 Versare poi 400 ml di brodo vegetale. Chiudere la pentola in modalità 2, e una volta che sarà arrivata a pressione, cuocere per 5 minuti a fiamma bassa. Quindi spegnere il fuoco e decompressare.

1 把南瓜切丁，切成 1 公分厚的丁塊。

2 把切碎的洋蔥放入壓力鍋裡以橄欖油低溫炒 10 分鐘，炒至變成金黃色為止，再加入切丁的南瓜，炒 2 分鐘。

3 倒入 400ml 的蔬菜高湯並蓋上鍋蓋，設定 2。等壓力上來後，調成小火煮 5 分鐘，再關火、泄壓。

主廚的堅持
義大利料理中的
主角：橄欖油

油的義大利文是「olio」，而油的種類很多，有「olio d'oliva」（橄欖油）、「olio di semi」（向日葵油）、「olio d'avocado」（鱷梨油）、「olio di cocco」（椰子油）等。因為義大利料理最常用的是橄欖油，所以食譜不會刻意註明「olio d'oliva」，因此食譜裡的「olio」通常指的就是橄欖油。

2010 年地中海飲食被列入人類遺產，它被視為全球最健康的飲食。而地中海飲食包含的國家即義大利、希臘、西班牙和摩洛哥，在這四個國家的料理中，橄欖油扮演極其關鍵的角色。

PASSO 04

PASSO 05

④ Con un mixer frullare la zucca, se la crema risulta troppo densa, aggiungere del brodo vegetale.

⑤ In ultimo, riscaldare, condire con sale e pepe, spolverare con pecorino, amalgamare, quindi impiattare.

④ 接著把壓力鍋裡的南瓜打成泥,若太濃稠可加適量的蔬菜高湯。

⑤ 最後再次加熱,用鹽巴和黑胡椒粉調味,灑上羊乾酪粉,攪拌及盛盤。

義大利人喝湯的習慣

主廚的堅持

來台之後,我發現華人用餐時都不喝水或酒。後來我才明白了箇中原因,因為華人用餐時會搭配湯品,所以不需要喝其他的飲料,若要喝酒或飲料也都是飯後才喝。而義大利人就不同了,我們每一餐都會配酒,一邊吃一邊喝飲料或水。原因很簡單,與華人不同,義大利人不會每餐都喝湯,就算有喝,由於我們的湯很濃,所以還是需要搭配飲料。

華人實在很喜歡喝湯,非喝不可!難怪在台灣就算是義式料理的餐廳,每一個套餐也都會附湯,而且常去義式餐廳用餐的華人還會有種誤解,以為義大利人只喝四種湯:玉米濃湯、南瓜濃湯、香菇濃湯和蕃茄湯。說真的,我在義大利都沒有喝過玉米濃湯!最後,想給你們一個小提醒:與華人不同,義大利人怕喝太燙的湯。因此招待義大利朋友時,如果他都不喝湯,不是不想喝,只是在等它冷卻。相反地,去義大利旅行時,千萬別期望那裡的湯是熱的,也不要請廚師加熱,不妨體驗看看道地義大利式的濃湯吧!

▶MP3-48

生詞表

1 Riscaldare 　　　　　　　　　　🔴 動 加熱

<table>
<tr><td rowspan="18">補充詞彙</td><td>Verdura</td><td>蔬菜</td></tr>
<tr><td>Finocchio</td><td>朝鮮薊</td></tr>
<tr><td>Asparago</td><td>蘆筍</td></tr>
<tr><td>Broccolo</td><td>花椰菜</td></tr>
<tr><td>Cetriolo</td><td>小黃瓜</td></tr>
<tr><td>Cavolo</td><td>高麗菜</td></tr>
<tr><td>Cavolfiore</td><td>白花椰菜</td></tr>
<tr><td>Porro</td><td>大蔥</td></tr>
<tr><td>Ravanello</td><td>小紅蘿蔔</td></tr>
<tr><td>Barbabietola</td><td>紅菜頭、甜菜</td></tr>
<tr><td>Rapa</td><td>蕪菁</td></tr>
<tr><td>Legumi</td><td>豆類</td></tr>
<tr><td>Pisello</td><td>青豆</td></tr>
<tr><td>Cecio</td><td>埃及豆</td></tr>
<tr><td>Fagiolo</td><td>白腰豆</td></tr>
<tr><td>Lenticchia</td><td>小扁豆</td></tr>
<tr><td>Fava</td><td>蠶豆</td></tr>
</table>

詞彙練習

1. 詞彙聯想：請列出與蔬菜相關的詞彙。

2. 詞彙聯想：請列出與調味料相關的詞彙。

3. 詞彙聯想：請列出與海鮮相關的詞彙。

APPENDICE

各式各樣的義大利麵

1 Linguine 扁麵

2 Tagliatelle 鳥巢麵

3 Pappardelle 特寬捲麵

4 Fettuccine 中寬捲麵

5 Lasagne 千層麵片

6 Spaghetti 直麵條

7 Penne 筆管麵

8 Farfalle 蝴蝶麵

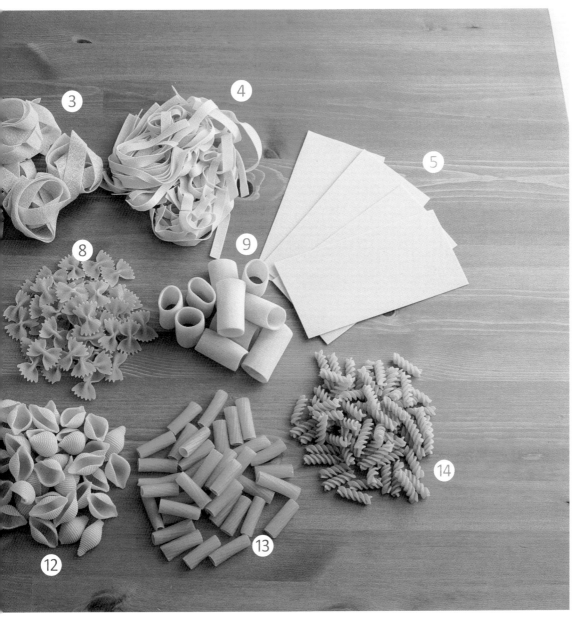

9 Paccheri 大管麵

10 Trofie 特飛麵

11 Orecchiette 貓耳朵麵

12 Conchiglie 貝殼麵

13 Rigatoni 水管麵

14 Fusilli 螺絲麵

附錄
02／

義大利料理常用的工具

1　Pentola a pressione 壓力鍋

2　Padella 平底鍋

3　Padella antiaderente　不沾鍋

4　Scolapasta 麵條瀝乾器

5　Pentola 鍋子

6　Bilancia 秤

7　Sbattitore 打蛋機

8　Mixer 攪拌機

9 Ciotola 鋼盆

10 Pirofila 深烤盤

11 Spremiagrumi 擠檸檬器

12 Imbuto 漏斗

13 Caffettiera 咖啡壺

14 Frullatore 果汁機

15 Mattarello 桿麵棍

16 Bicchiere graduato 量杯

17 Frusta 打蛋器

18 Schiacciapatate
壓馬鈴薯器

19 Apriscatole 開罐器

20 Apribottiglie 開瓶器

21 Mestolo per spaghetti
義大利麵杓

22 Cucchiaio 大湯匙

23 Mestolo 杓子

24 Spatola 刮刀

25 Grattugia 研磨器

26 Tagliere 砧板

27 Pelapatate 削皮刀

28 Coltello 主廚刀

29 Forbici 剪刀

30 Schiumarola 撈網

31 Colino 濾網

附錄
03／

烹飪時常會用到的動詞

1 Abbrustolire
烤（麵包）

2 Affettare
切片

3 Aggiungere
加入

8 Condire
調味

9 Friggere
炸

10 Grattuggiare
磨粉

15 Salare
灑鹽巴

16 Separare
分開

17 Sfumare
蒸發

22 Tagliare a fette
切片

23 Tagliare ad anelli
切圈

24 Tagliare
切

4 Amalgamare
攪拌

5 Assaggiare
試味道

6 Bollire
滾

7 Colare
瀝乾

11 Guarnire
裝盤

12 Mescolare
攪拌

13 Pelare
削皮

14 Pepare
灑胡椒粉

18 Sminuzzare
撕碎

19 Soffriggere
低溫炒

20 Spolverare
灑

21 Tagliare a cubetti
切丁

25 Tritare
切碎

26 Versare
倒

詞彙練習解答

01 羅勒紅醬筆管麵

1. 請將以下單字倒寫成正確單字並寫出中文意思。

ELAS → SALE 鹽巴
ERAICURB → BRUCIARE 燒焦
ERECOUC → CUOCERE 煮
ONAIGIMRAP → PARMIGIANO 帕馬森起司
EREGNUIGGA → AGGIUNGERE 加入

2. 連連看，請選出最正確的組合。

1. SPOLVERARE	A. TRITATA
2. FOGLIA	B. A FUOCO DOLCE
3. CIPOLLA	C. A MANO
4. SOFFRIGGERE	D. BASILICO
5. SMINUZZARE	E. PEPE E PARMIGIANO

3. 請將以下所列出來的單字分別填入句子中。

(1) Soffriggere in padella per 10 minuti la cipolla tritata.
(2) Aggiungere il basilico sminuzzato a mano.
(3) Cuocere le penne in abbondante acqua salata.

02 松露蘑菇醬貓耳朵麵

1. 連連看，請選出最正確的組合。

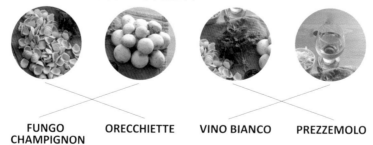

FUNGO CHAMPIGNON　　ORECCHIETTE　　VINO BIANCO　　PREZZEMOLO

2. 請將以下單字倒寫成正確單字並寫出中文意思。

ONIROCEP → PECORINO 羊乾酪
ERAMUFS → SFUMARE 蒸發
OLOMEZZERP → PREZZEMOLO 巴西利
EREILGOT → TOGLIERE 撈出
ERAROD → DORARE 使……變成金黃色

3. 請將以下所列出來的單字分別填入句子中。

(1) Aggiungere i funghi affettati e saltare per due minuti.
(2) Condire con sale, pepe e prezzemolo tritato.
(3) Unire le orecchiette, spolverare di pecorino e mescolare.

03 甜椒雙種起司醬蝴蝶麵

1. 連連看，請選出最正確的組合。

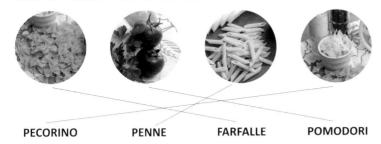

PECORINO   PENNE   FARFALLE   POMODORI

2. 請將以下單字依照詞性分類。

動詞	名詞
AMALGAMARE	POMODORO
TAGLIARE	PEPERONE ROSSO
FRULLARE	ACQUA
IMPIATTARE	SEME

3. 請將以下所列出來的單字分別填入句子中。

(1) Tagliare finemente la cipolla.
(2) Frullare con il mixer.
(3) Aggiustare di sale e pepe.

04 西西里風格茄子紅醬水管麵

1. 連連看，請選出最正確的組合。

MELANZANA   RIGATONE   BASILICO   PASSATA

2. 連連看，請選出最正確的組合。

1. SCIACQUARE   A. IN STRISCIOLINE
2. ASCIUGARE   B. PEDUNCOLO
3. TAGLIARE   C. CON ACQUA
4. AFFETTARE   D. CON UN PANNO
5. RECIDERE   E. A METÀ

3. 請將以下單字依照詞性分類。

動詞	名詞
AFFETTARE	AGLIO
CONDIRE	CUCCHIAIO
CONTINUARE	SCOLAPASTA
GUARNIRE	PADELLA

05 青醬特飛麵

1. 連連看，請選出最正確的組合。

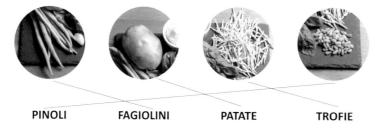

PINOLI   FAGIOLINI   PATATE   TROFIE

2. 請將以下單字依照語義分類。

食材	工具
BASILICO	FRIGO
PATATA	FREEZER
AGLIO	FRULLATORE
SALE GROSSO	CUCCHIAIO

3. 請從下表中圈出隱藏詞彙。

B	Q	F	T	A	E	R	P	R	E
S	B	O	A	C	Q	U	A	S	V
T	A	G	S	I	U	L	S	C	I
R	S	L	P	E	P	E	S	I	T
I	I	I	E	C	A	P	A	P	A
T	L	A	N	A	D	U	T	O	R
A	I	O	N	L	D	S	A	L	E
T	C	P	E	D	O	A	N	L	Z
O	O	L	I	O	E	R	E	A	A

• •

06 培根雞蛋中寬捲麵

1. 連連看，請選出最正確的組合。

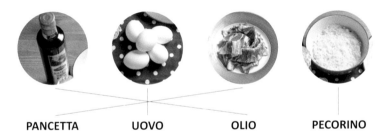

PANCETTA UOVO OLIO PECORINO

2. 連連看，請選出最正確的組合。

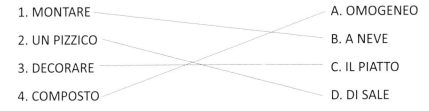

1. MONTARE — A. OMOGENEO
2. UN PIZZICO — B. A NEVE
3. DECORARE — C. IL PIATTO
4. COMPOSTO — D. DI SALE

3. 請將以下所列出來的單字分別填入句子中。

(1) Spolverare con pepe i tuorli.
(2) Separare i tuorli dagli albumi.
(3) Scolare le fettuccine cotte al dente.

07 正統肉醬義大利鳥巢麵

1. 連連看，請選出最正確的組合。

| LIMONE | SEDANO | LATTE | CIPOLLA |

2. 請將以下單字倒寫成正確單字並寫出中文意思。

ENRAC → CARNE 肉
ETTAL → LATTE 牛奶
ERAIHCSIM → MISCHIARE 攪拌
ERARAPERP → PREPARARE 準備

3. 請將以下所列出來的單字分別填入句子中。

(1) Versare il vino rosso, sfumare e spolverare con noce moscata.
(2) Cuocere a fuoco dolce fino ad addensare.
(3) Spolverare di parmigiano e impiattare.

. . . .

08 海鮮大管麵

1. 連連看，請選出最正確的組合。

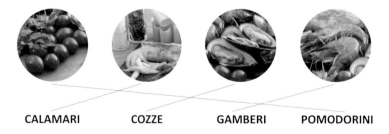

| CALAMARI | COZZE | GAMBERI | POMODORINI |

2. 連連看，請選出最正確的組合。

1. BRODO	A. TRITATO
2. METTERE	B. DI VONGOLE
3. PREZZEMOLO	C. IN ANELLI
4. TAGLIARE	D. DA PARTE

3. 請將以下所列出來的單字分別填入句子中。

(1) Scolare le vongole e privarle del guscio.
(2) Pulire i gamberi separando la testa e la corazza.
(3) Condire con pepe, sale e prezzemolo tritato

09 鮭魚櫛瓜青醬螺絲麵

1. 請將以下單字倒寫成正確單字並寫出中文意思。

ICON → NOCI 核桃
ENIHCCUZ → ZUCCHINE 櫛瓜
ENOMLAS → SALMONE 鮭魚
ELRODNAM → MANDORLE 杏仁
ATNEM → MENTA 薄荷

2. 請將以下單字依照語義分類。

食材	工具
ZUCCHINE	GRATTUGIA
GAMBERI	PENTOLA
VONGOLE	CUCCHIAIO
SALMONE	MIXER

3. 請將以下所列出來的單字分別填入句子中。

(1) Ridurre le zucchine in strisce con una grattugia.
(2) Tagliare il salmone privato di lische e squame in strisce.
(3) Aggiustare di sale e pepe.

10 鮪魚聖女蕃茄義大利扁麵

1. 連連看，請選出最正確的組合。

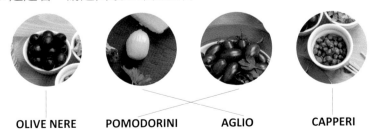

OLIVE NERE   POMODORINI   AGLIO   CAPPERI

2. 請將以下單字依照語義分類。

海鮮類	蔬菜類
TONNO	SEDANO
SALMONE	CAROTA
VONGOLE	CIPOLLA
COZZE	PEPERONI
GAMBERI	ZUCCHINE

3. 詞彙聯想：請寫出您所知道的義大利麵麵形。

PASTA

FUSILLI

ORECCHIETTE

FARFALLE

PENNE

RIGATONI

LINGUINE

· ·

11 迷迭香南瓜燉飯

1. 連連看，請選出最正確的組合。

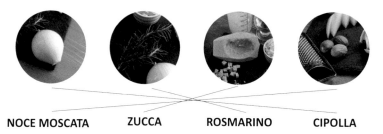

NOCE MOSCATA   ZUCCA   ROSMARINO   CIPOLLA

2. 請將以下單字依照詞性分類。

動詞	名詞
APPASSIRE	RISO
DECOMPRESSARE	BURRO
APRIRE	OLIO
TOSTARE	RISOTTO
CHIUDERE	PARMIGIANO

3. 請將以下所列出來的單字分別填入句子中。

   (1) In una pentola a pressione sciogliere il burro.
   (2) Soffrigere a fuoco dolce la cipolla.
   (3) Tagliare la zucca a cubetti di un centimentro.

12 菠菜燉飯

1. 請將以下單字倒寫成正確單字並寫出中文意思。

   ICANIPS → SPINACI 菠菜
   ORRUB → BURRO 奶油
   OTTOSIR → RISOTTO 燉飯
   ILORANRAC → CARNAROLI C 米

2. 請將以下所列出來的單字分別填入句子中。

   (1) Soffriggere due spicchi di aglio fino a dorarli.
   (2) Unire gli spinaci e amalgamare, spolverare quindi con sale e pepe.
   (3) Soffrigere a fuoco dolce la cipolla tritata per 10 minuti.

3. 詞彙聯想：請找出與燉飯相關的動詞。

   RISOTTO
   TOSTARE
   RIPOSARE
   MANTECARE
   DECOMPRESSARE

13 松露醬牛肝菌燉飯

1. 連連看，請選出最正確的組合。

   1. TOSTARE   A. PARMIGIANO
   2. SCIOGLIERE   B. BURRO
   3. APRIRE   C. COPERCHIO
   4. SPOLVERARE   D. RISO

2. 請將以下單字依照詞性分類。

動詞	名詞
TOSTARE	FUNGHI PORCINI
SOFFRIGGERE	SPINACI
SCIOGLIERE	RISO
TAGLIARE	BURRO

3. 請從下表中圈出隱藏詞彙。

P	O	M	O	D	O	R	O	V	P
E	L	I	M	O	N	E	B	I	O
N	I	S	U	O	V	O	L	N	V
T	V	A	S	P	I	N	A	C	I
O	E	R	I	S	O	T	T	O	N
L	I	N	G	U	I	N	E	R	O
A	G	G	I	U	N	G	E	R	E
R	O	S	O	F	U	T	R	A	T

. . . .

14 海鮮燉飯

1. 請將以下單字依照語義分類。

調味料	蔬菜
PREZZEMOLO	POMODORO
PEPE	CAROTA
SALE	CIPOLLA
ROSMARINO	PATATA
MENTA	SPINACI

2. 連連看，請選出最正確的組合。

PEPERONCINO　　VONGOLA　　GAMBERO　　SEDANO

3. 請將以下所列出來的單字分別填入句子中。

(1) Mettere le vongole a mollo in acqua salata per un'ora per spurgarle.
(2) Con il mixer tritare il sedano insieme alla carota.
(3) Sfumare con vino bianco.

15 綿密馬鈴薯透抽紅湯

1. 請將以下單字依照詞性分類。

動詞	名詞
ABBRUSTOLIRE	PATATE
SOFFRIGGERE	AGLIO
TAGLIARE	FILONCINO
TRITARE	MENTA
UNIRE	TONNO

2. 請將以下所列出來的單字分別填入句子中。

(1) Pelare le patate, e tagliarle in fette di un centimetro.
(2) In una pentola a pressione soffriggere l'aglio fino a dorarlo.
(3) Versare la passata di pomodoro.

3. 請將以下單字倒寫成正確單字並寫出中文意思。

ENAP → PANE 麵包
IRAMALAC → CALAMARI 透抽
ATASSAP → PASSATA 蕃茄泥
ERILOTSURBBA → ABBRUSTOLIRE 烤

16 南瓜濃湯

1. 詞彙聯想：請列出與蔬菜相關的詞彙。

   CAROTA
   PATATA
   ZUCCHINO
   SPINACI
   CIPOLLA
   FUNGO
   PEPERONE
   ZUCCA

2. 詞彙聯想：請列出與調味料相關的詞彙。

   ROSMARINO
   MENTA
   BASILICO
   SALE
   PEPE
   PEPERONCINO
   PREZZEMOLO

3. 詞彙聯想：請列出與海鮮相關的詞彙。

   CALAMARI
   GAMBERI
   VONGOLE
   SALMONE
   TONNO
   COZZE

義大利語	詞性	中文	課
Corazza (f)	名	殼	8
Corpo (m)	名	身體	8
Cozza (f)	名	淡菜	8
Cucchiaino (m)	名	小匙	5
Cuocere	動	煮	1
Decompressare	動	泄壓	11
Decorare	動	裝飾	5
Denso	形	濃稠的	3
Dischiudere	動	張開	8
Disporre	動	擺	4
Diventare	動	變成	9
Dolce	形	甜的	5
Dorare	動	使……變成金黃色	2
Drenare	動	出水	4
Duro	形	硬的	9
Evitare	動	避免	1
Fagiolino (m)	名	四季豆	5
Farfalla (f)	名	蝴蝶麵	3
Fetta (f)	名	切片	5
Fettuccine (f)	名	中寬捲麵	6
Filoncino (m)	名	條	15
Foglia (f)	名	葉子	1
Foglio di carta (m)	名	紙	4
Freezer (m)	名	冷凍庫	5
Friggere	動	炸	4
Frigo (m)	名	冷藏	5
Frullare	動	打成泥	3
Frullatore (m)	名	果汁機	5
Frutto di mare (m)	名	海鮮	8
Fungo (m)	名	菇	2
Fungo champignon (m)	名	蘑菇	2
Fungo porcino (m)	名	牛肝菌	13
Fusillo (m)	名	螺絲麵	9
Gambero (m)	名	蝦子	8
Gambo (m)	名	條	7
Grattugia (f)	名	研磨器	9
Guarnire	動	裝盤、擺盤	2
Guscio (m)	名	殼	8
Impiattare	動	盛盤	1
In scatola		罐頭的	10
Incidere una croce	動	劃十字	10
Iniziare	動	開始	12
Insaporire	動	入味	6
Lama (f)	名	刀	5
Latte (m)	名	牛奶	7
Lavare	動	洗	5
Lavato	形	洗乾淨的	5
Limone (m)	名	檸檬	7
Linguina (f)	名	扁麵	10
Lisca (f)	名	魚骨	9
Mandorla (f)	名	杏仁	9
Melanzana (f)	名	茄子	4
Mescolare	動	攪拌	1
Mettere	動	放	4

義大利語	詞性	中文	課
Mettere a mollo	動	泡水	8
Mettere da parte	動	保留	8
Mischiare	動	攪拌	7
Mixer (m)	名	調理棒	3
Montare a neve	動	打發	6
Morbido	形	軟的	9
Noce (f)	名	核桃	9
Noce moscata (f)	名	豆蔻粉	7
Olio (m)	名	橄欖油	1
Olio di girasole (m)	名	向日葵油	4
Olio d'oliva (m)	名	橄欖油	4
Oliva (f)	名	橄欖	10
Oliva nera (f)	名	黑橄欖	10
Omogeneo	形	均勻的	6
Orecchietta (f)	名	貓耳朵麵	2
Pacchero (m)	名	大管麵	8
Padella (f)	名	平底鍋	2
Padella antiaderente (f)	名	不沾鍋	3
Pancetta (f)	名	培根	6
Pane (m)	名	麵包	15
Panno (m)	名	抹布	4
Parmigiano (m)	名	帕馬森起司	1
Passata (f)	名	蕃茄泥	1
Patata (f)	名	馬鈴薯	5
Pecorino (m)	名	羊乾酪	2
Peduncolo (m)	名	茄子頭	4
Pelare	動	削皮、剝皮	10
Pelle (f)	名	皮	8
Penna (f)	名	筆管麵	1
Pentola (f)	名	鍋子	8
Pentola a pressione (f)	名	壓力鍋	11
Pepe (m)	名	黑胡椒	1
Peperoncino (m)	名	小辣椒	14
Peperone (m)	名	甜椒	3
Peperone giallo (m)	名	黃甜椒	3
Peperone rosso (m)	名	紅甜椒	3
Pesto (m)	名	青醬	5
Piatto (m)	名	盤子	4
Pinolo (m)	名	松子	5
Pomodorino (m)	名	聖女蕃茄	8
Pomodoro (m)	名	牛蕃茄	3
Porre	動	放	5
Preparare	動	準備	7
Prezzemolo (m)	名	巴西利	2
Privare di	動	去（籽、頭、尾）	3
Pulire	動	清潔	8
q.b.		適量	1
quanto basta		適量	1
Rametto (m)	名	根	8
Recidere	動	切掉	4
Ridurre in strisce	動	磨成條	9
Rigatone (m)	名	水管麵	4
Riporre	動	擺	4
Riposare	動	燜	11

義大利語	詞性	中文	課
Riscaldare	動	加熱	16
Riso (m)	名	米	11
Risotto (m)	名	燉飯	11
Rosmarino (m)	名	迷迭香	11
Salato	形	鹹的	1
Sale (m)	名	鹽巴	1
Sale grosso (m)	名	粗鹽	4
Salmone (m)	名	鮭魚	9
Salsa (f)	名	醬汁	7
Salsa tartufata (f)	名	松露蘑菇醬	2
Saltare	動	炒	2
Sbattitore (m)	名	打蛋機	6
Sciacquare	動	沖水	4
Sciogliere	動	融化	11
Scolapasta (f)	名	麵條瀝乾器	4
Scolare	動	瀝乾	6
Scottare	動	燙	10
Secco	形	乾燥的	13
Sedano (m)	名	芹菜	7
Seme (m)	名	籽	3
Separare	動	分開	6
Sfumare	動	蒸發	2
Sminuzzare	動	撕碎	1
Sminuzzato a mano		用手撕碎的	1
Soffriggere	動	低溫炒	1
Sottile	形	薄的	4
Spalmare	動	塗	13
Spesso	形	厚的	5
Spicchio (m)	名	瓣	2
Spinacio (m)	名	菠菜	12
Spolverare	動	灑	1
Spurgare	動	排除沙子	8
Squama (f)	名	魚皮	9
Sufficente	形	足夠的	1
Sughetto (m)	名	醬汁	10
Tagliare a fette	動	切片	4
Tagliare a cubetti	動	切丁	3
Tagliare a metà	動	對切	4
Tagliare a strisce	動	切條	3
Tagliare finemente	動	切碎	3
Tagliare in anelli	動	切卷	8
Tagliatella (f)	名	鳥巢麵	7
Temperatura (f)	名	溫度	5
Testa (f)	名	頭	5
Togliere	動	撈出	2
Tonno (m)	名	鮪魚	10
Tostare	動	炒	11
Tritare	動	切碎	1
Tritato	形	切碎的	1
Trofia (f)	名	特飛麵	5
Tuorlo (m)	名	蛋黃	6
Un pizzico di		一小撮	6
Un pò		一點	13
Una goccia di		一滴	9

義大利語	詞性	中文	課
Unire	動	放入	2
Uovo (m)	名	雞蛋	6
Versare	動	倒	6
Vino bianco (m)	名	白葡萄酒	2
Vino rosso (m)	名	紅葡萄酒	2
Vongola (f)	名	蛤蜊	8
Zucca (f)	名	南瓜	11
Zucchino (m)	名	櫛瓜	9

跟著義大利主廚學義大利語

親愛的讀者：

　　看完本書後，您一定對義大利料理、義大利人的生活習慣和思維有更清晰的瞭解。除了帶給您很多的啟發之外，也許還激起了您更多的疑問，例如在台灣哪些地方可以上我的烹飪課、如何繼續提升義大利文的能力、在哪些地方可以買到本書食譜所使用的食品、在義大利哪些學校可以上廚藝課、在哪裡可以找到更多正統義大利料理的食譜等等。

　　以上問題的答案及更多資訊可以在 *Siali Academy* 的網站中找到，非常歡迎您瀏覽！

www.sialiacademy.com

Giancarlo

Officina del Gusto

Eremo della Gasprina

DAL 1912
ANTICA PASTA DI GRAGNANO
NAPOLI - ITALY

PASTIFICIO G. Di Martino

LUMACONI
al dente in 9 minuti

100% GRANO ITALIANO

PASTA DI GRAGNANO I.G.P.
Trafilata a bronzo
PRODUCT OF ITALY

Di Martino
PASTIFICIO G.

EMPORIUM 阿洛

ACQUERELLO

AGED 7 YEARS

國家圖書館出版品預行編目資料

跟著義大利主廚學義大利語 / Giancarlo Zecchino（江書宏）著
-- 初版 -- 臺北市：瑞蘭國際 ,2015.09
160 面；19 x 26 公分 --（外語學習系列；22）
ISBN：978-986-5639-36-5（平裝附光碟片）
1. 義大利語 2. 讀本 3. 食譜
804.68   104014933

外語學習系列 22

跟著義大利主廚學義大利語

作者｜ Giancarlo Zecchino（江書宏）
責任編輯｜葉仲芸、王愿琦
校對｜ Giancarlo Zecchino（江書宏）、葉仲芸、王愿琦

義大利文錄音｜ Giancarlo Zecchino（江書宏）
錄音室｜純粹錄音後製有限公司
視覺設計｜劉麗雪
攝影｜陳怡璋

董事長｜張暖彗 · 社長兼總編輯｜王愿琦 · 主編｜葉仲芸
編輯｜潘治婷 · 編輯｜紀珊 · 編輯｜林家如
設計部主任｜余佳憓
業務部副理｜楊米琪 · 業務部專員｜林湲洵 · 業務部專員｜張毓庭

出版社｜瑞蘭國際有限公司 · 地址｜台北市大安區安和路一段 104 號 7 樓之 1
電話｜ (02)2700-4625 · 傳真｜ (02)2700-4622 · 訂購專線｜ (02)2700-4625
劃撥帳號｜ 19914152 瑞蘭國際有限公司 · 瑞蘭網路書城｜ www.genki-japan.com.tw

總經銷｜聯合發行股份有限公司 · 電話｜ (02)2917-8022、2917-8042
傳真｜ (02)2915-6275、2915-7212 · 印刷｜宗祐印刷有限公司
出版日期｜ 2015 年 09 月初版 1 刷 · 定價｜ 450 元 · ISBN｜ 978-986-5639-36-5